在故事开始之前的魅力远胜过故事本身。

历经沧桑的蓦然回首，本就意味深远。

是没有退路的人最后一次重温他无法倒带的美梦。

伪命题

魏辽·著

长江出版社
CHANGJIANGPRESS
漫娱图书

目录

现代篇
XIAN DAI PIAN

伪命题

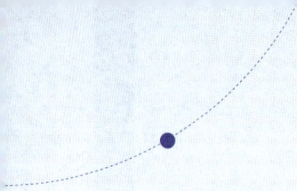

WEI MING TI

现代

XIAN DAI PIAN

篇

情绪才是我的一生之敌，主动权不在我，它不肯放过我，我只能任其宰割。所以我要做的事还有很多，首先是长大，拥有自己说了算的人生。

发梦

辜禾向我说了再见。

这件事对我来说无关痛痒，我们都心照不宣地蓄谋已久。

看着那条短信，只回了她一句"知道了"。

我在小区里的长椅上坐到天黑才回家，辜禾已经把自己的东西全部带走了。

拧亮玄关的灯，鞋柜上的花瓶里还歪着两株枯死的玫瑰。颓败的花瓣七零八落地凋到地上，我们的感情也是。我换了鞋，蹲在地上，耐心地收拾着残局，一片片捡着，心里数着数，不知不觉就数乱了。

说不上难过，抬起头才发觉花瓶底下压了一张皱皱巴巴的纸条：微波炉里有饭，吃了记得洗碗，以后照顾好自己。

是辜禾的字迹。

我看着看着，嘿嘿笑开，拉开抽屉摸出圆珠笔，在上面写下回复："好哦，宝贝。明天早上出门前记得抱我一下。"

辜禾不会再看见了。辜禾是个外贸公司的普通白领，每天朝五晚九，为了几千块的工资累死累活。

我是一个作息极其不规律的夜场调酒师。我知道自己不能一辈子都做这个，但是我没有其他办法。我破晓前回来，躺在辜禾身边，她睡得正熟；她要出门上班时，我才刚入眠。

明明待在一个城市里同床共枕，却过出了南北半球有时差的日子，时常要靠留言本交流感情。

大学刚毕业的时候，辜禾和我挤在五百块一个月的贫民窟里，深棕色的眼睛亮闪闪的，充满了对未来的希望，她说没关系呀，我们不会永远都这么穷的。

最近的一次争吵，是辜禾去局子里提我。我用酒瓶砸了一个流氓的脑袋，他那时候正伸手去摸一个醉酒女孩。这场架的结果是混蛋脑震荡，我赔了一笔钱，顶辜禾好几个月的工资，我的耳朵也在混战中被拉豁了。最后的最后，我被解雇了。

我注意到辜禾签字的手一直在抖。从派出所出来，我故作轻松地说："每天都跟你错开，正好不想干了。"辜禾忽然扭过头冲我歇斯底里地大吼道："我马上快二十五了，我妈催我结婚了。"

我低下头，看见道路两边榕树的影子，昏黄的灯光打在辜禾的高跟鞋上。鞋沿边，露出她贴了创可贴的后脚踝，皮质的硬料子磨得她那片皮肤通红。

她深棕色的眼睛里映着一个茫然的我。

我不知道该说什么，几次张嘴又把话咽回去。耳朵上的血已经止住了，我一言不发，只焦虑地抬手去摸耳垂上的伤口，搓掉了那层薄薄的痂，黏糊糊的红又流了出来，沾满了我的指腹。

疼痛让我稍微安心了一点。我抬起头，慢慢地，又对辜禾笑了。她的脸上掠过一丝诧异又失望的神色，尖刻地评价道："你确实是疯了。"

说罢，她快步走掉了。我站在原地，脑袋一片空白，摩挲着那道疤，想她说的话。我确实是疯了，从很早的时候起，我就是疯子了。

我上艺校的时候，每次油画课都会被美术老师赶出去。老师布置的课题是"明艳"，大多数人的选择都是画花朵、穿着鲜艳的女郎、太阳和灯火。而我画的是一间废弃疯人院的房间，灰黑白的冷调打底，有颜色的是那张床，床单上铺开了疯狂而斑驳的喷溅式暖色，最后在墙角画满了色彩靡丽的毒蘑菇。

别误会，我没有心理疾病，我只是不喜欢千篇一律。但是学校这种地方，最讨厌的就是我这样的学生。

所以我被赶出去了。

辜禾那节课画的是一杯鸡尾酒，蓝色和橙黄色交织在一起非常漂亮，但是创意平平无奇。她借口上厕所，偷偷溜出来找我。辜禾扎着一条高马尾，发色不是纯正的黑，偏一点点栗色，午后的阳光打在她身上，那栗色吸了太阳的光，愈发显得金灿灿起来。

她像一只温驯又胆怯的小鹿，害羞地搓着手说："嗨！我觉得你很有才。"

我是学校里的风云角色，有才的危险人物。写作文的主题是"明天"，同学们大多行文内容都是光明前景和扬帆起航，只有我在写只要人类不反省自己，明天就是末日和毁灭。不出所料，得到的又是一顿质疑。

我笑得东倒西歪，老师满脸不解。无所谓，我一点儿也不在乎。我知道自己积极向上，善良又奋进就够了。

哦，辜禾也知道。

她推着单车在车棚里等我，又气又好笑地望着我，像老妈子似的教育道："你呀，你那身刺，明明收一收就能避免很多麻烦。你偏不。"

没错，我偏不。

没有辜禾的双人床，一下显得空落落的。我从靠墙的那一边滚到边缘，要坠下去前，腰猛地一收力，把自己拉了回来。这个夜显得过于漫长了。我的胃沉甸甸的，里面塞满了辜禾为我做的最后一餐，应该还包括了明天早上的早餐，但是我一顿就吃光了。鼓鼓囊囊的肚子，撑得人心里也满满当当。

暴食治愈糟糕的心情，但是人永远不应该用折磨身体的方式得到心理上的安慰。我曾经这样教育过她，但是现在自己正重蹈她的覆辙。辜禾是个过于自卑的女孩子，即使被欺负也不会想到反击，只是条件反射去反省自己的错处，用别人的失误，不断谴责着自己，用愧疚来忘却委屈。

她心情不好时，最大的特点就是暴食。她像一个没有五感的机器人，不断地重复着吞咽的动作，堆叠的空碗彰显着她的不安。她一直吃，直到开始反胃呕吐，跪在马桶边直不起腰。辜禾在学校被孤立，因为长得漂亮，因为成绩优异，因为她在学校大礼堂里拉小提琴，得到了最帅的一位男老师的赞许。

或许还有很多其他原因。

有时候女孩对女孩的恶意，更加令人难以理解，她们会在嫉妒的驱使下，做出各种各样令人大跌眼镜的事。我说，两个世界的人，不必勉强。你自己也可以活得很漂亮。

辜禾吐得两眼发黑，站都站不住。听完我这句话，她憋红了眼眶，但是没有哭。她的坚忍从来没有让我失望过。

我说："辜禾，我们去画室，你做我的模特吧。"那天，辜禾是我的模特，但我的成品是一只鹿。画中是我惯用的夸张色彩，鹿只有一个模糊的轮廓。清晰的是那两只眼睛，蔚蓝色，就像六月初瓦尔登湖无云的天空。

打那以后，辜禾开始成了我最亲密的朋友。

我明确申明，我不要两个寂寞动物互相寻求温暖，成为彼此慰藉的感情。如果你将排遣孤独的依偎称作是爱，那还是算了。辜禾忽然问我，明天是什么？

我戏谑地咧开嘴，重复了之前作文里的内容："是毁灭和末日。"

"错了。"辜禾蓦地打断了我，"是北徙的鹿群，即便知道沿途有伺机而伏的狼和棕熊，仍在向更远的野岭长途跋涉。那对角在平日里确实像累赘的枯木，可是当它挑起极光挂在角上时，就是缀着霜雪的桂枝。"

"我要北徙，去摘月亮，去挑极光，你想不想和我一起？"

辜禾按住我的肩膀，我竟然不觉得她矫情，鬼使神差地点了头。

我还是要生活的，存折里用来给辜禾买钻戒的钱，已经攒到了五位数。一直瞒着她，原打算给她一个惊喜。虽然她已经不在了，不过我还是没有打算放弃。也说不上是执念，我许多年前就有这样莫名其妙的固执，尽管我向辜禾保证会改，但是显而易见，我至今也没有改掉。

我重新捡起画笔，捡起吉他，捡起搁下了许多年的爱好。这双手不再在吧台的灯光下灵活地甩酒瓶，做起别的事，便异常笨拙。

刚去做调酒师的时候，辜禾觉得这简直酷毙了。我换过很多职业，调酒师、文身师，大多是兴趣使然，随便做做，没两天就失了热情。我甚至做过拾荒者，也就是俗称捡破烂的。

辜禾听我给她讲那些形形色色的人，就像小孩子听童话故事一样专注认真。

比如已经付了全款，文到一半觉得太疼了，于是借口上厕所，然后偷偷跑掉的女孩。她背后的残次品一直找不到合适的人修补，因为我文的图案个人风格太强，其他人不敢贸然接下；而她想回来找我却得知我已经转行了。最后蹦迪的时候，她在酒吧里遇见我，我正在手舞足蹈地摇冰桶，嗨到不行。

比如一个女人被丈夫当街踹倒在地上，那个男人骂骂咧咧，女人只是哭，支着一副摇摇晃晃快要散架的身体。那个男人又要冲上来补两脚时，被我忽然从身后，扯住了脖子上那条大金链子。

我说："大哥，你手里脉动的瓶子，还要不要啊？"

辜禾说你活得就像理想。

分开时，辜禾也这么说："但是光有理想不行，我要生活。"

我试着找一份正经工作——摒弃理想，朝五晚九，勤勤恳恳。然而我投出去很多份简历，全部石沉大海。上学时我唯一能够用来夸夸其谈的阅历，如今看来也不值一提。辜禾没错，我不食人间烟火，所以不懂她身为凡人的疾苦。过于理想化的人生，不能为我们以后的生活负责。

我仿佛还是十六七岁的小女孩。但是辜禾已经二十五了，她拥有一个成熟女人的追求。她渴望安定，渴望家，不能靠童话故事过一辈子。可我的梦想不能变成真金白银，让她得到能攥在手里的安全感。我完全理解辜禾弃我而去的想法，她理应奔向更高处。一味地要浪漫是会饿肚子的。所以我们分道扬镳了。

最后，一家民营的小公司选中了我。这家公司很有意思，主要贩卖创意。也许是写歌词，也许是画画，可能是给一些不温不火的小歌手谱曲，可能是给三流产品写广告文案。业务之繁杂超出了我的想象，我甚至接下过一单，是给城市公厕的门板涂鸦。

我没有打算靠做这个出头，但是我脑袋里稀奇古怪的想法实在是太多了。歌词写得冷僻，画也画得与众不同，文案天马行空。我大概压根儿没把这个工作当作是工作，因为我做得很随性，像是一项可以拿钱的爱好。甲方提出了稍微有点背离我本意的要求，我就会拒单。

本以为我这个驴脾气很快就要被甲方投诉到奖金告罄，谁知道甲方就爱看我胡搞，索性放开手，让我自由发挥。

我在厕所门板的涂鸦上画飞扬的栀子花色的裙裾，那是十六岁辜禾的裙摆扬起的弧度，一举成为城市最亮眼的风景。为一个寂寂无闻的翻唱业余爱好者写了首歌后，一切都变得不一样了。他唱火了那首歌，歌曲被各路歌手和网红争相翻唱。作词人和作曲人那栏，我填的名字是"想要很多钱"。

"想要很多钱"这个名字一跃登上热搜榜。公司也因此走红，慕名而来下订单的人络绎不绝。

"想要很多钱"现在真的拥有了很多钱。我想问问辜禾，我有钱啦，你还愿不愿意和我在一起。但是我早就没有她的联系方式了。

辜禾那么温柔和缓的人，这辈子最决绝的事，大概就是在离开后换掉了所有我能找到她的联系方式。因为工作需要，我也换掉了手机号码，搬离了那方狭窄的出租屋。我的女孩也许现在已经成了别人的妻子，在一个陌生但是会让她有安全感的怀里，和那个人一起听我写的歌。

她也许还会和恋人吐槽一下怎么会有人叫"想要很多钱"这么烂俗的名字，赤裸裸的欲望倾泻，一点儿也没有身为文艺工作者的高洁志趣。

想要很多钱，想和我珍惜的女孩无忧无虑，一直发梦到一百岁。为她换一双新的高跟鞋，不会再把脚踝后面的皮磨破。我正在把我的理想化生活变成钱，希望辜禾能够看见。我的身价水涨船高，无论什么创意，版权都卖得很贵。

我的创意里隐晦地埋着辜禾的痕迹。连同我覆亡无日的青春，我贩卖着我和辜禾的记忆，我不值一提的才气，积攒着为她买面包的钱。

想要很多钱，讨我喜欢的女孩欢心。

在辜禾离开后的第四年，我接到了一笔大订单。

甲方出手很阔绰，但是要求很奇怪，短信对接时，她说希望我能为她设计一种酒饮，作为正式场合的饮品。因为酒饮实在很需要专业对口，所以，如果超出了我的能力范围，不必勉强，退单就好。

我说不，这个活简直非我莫属。

她松了口气，继续阐明要求：要度数很低，但是还容易醉。让人联想到海盐、柠檬、黑暗里乍泄的锋芒。

她说得实在是过于偏向意识流，我试图去理解其间的含义。

她顿了顿，缓缓地说："果然很难懂吧。不好意思，给您添麻烦了。"

"不，如果我知道用途，可能会更方便下手些。"我安抚道。

"用途啊……"她的语气显得有些迟疑，"是想向人道歉的。"

我用碳素笔在纸上写下"冰释前嫌"几个字。

她的消息很快又发来了："说来不怕您笑话，我想问问那个人，离开她以后，我有很努力地工作，很努力地赚钱了。现在我有钱了，她还在做梦吗？她愿意让我来为她的理想化生活买单吗？"

我捏在手里的笔顿了顿，按键回复的拇指抑制不住地战栗："冒昧地问一下，请问您姓辜吗？"

"不，我不姓辜哦。"她说。

兜头盖脸一盆冷水，须臾，我冷静下来。

"谢谢。"我重新拾起笔杆子，礼貌道，"请您继续说要求吧。"

过了足足五分钟，她回过来三个字：没有了。

"我会尽快把配方发给您。合作愉快。"我干脆利索地回道。

"抱歉，我想退单。"猝不及防地，她这么说，"我知道要怎么调出一杯这个东西了。"

我尚且反应不及，她继续道："呼之欲出的失望啊，宝贝。"

"冰水、放坏发酸西瓜汁、空盘子、离经叛道的二十岁童话，隔着十二个小时时差的拥抱，鹿的蓝眼睛，还有发梦的勇气。这是辜禾女士的独家配方。"

　　"'想要很多钱'老师。"

　　"您会喜欢吗？"

逃

现代篇 XIAN DAI PIAN

我十七岁的时候离家出走了，跑去一家酒吧，做了一个小歌手。凭借嗓音条件的优势，从临时工转了正，成了酒吧驻店乐队的一员。

那年颓得很，读了几本暗黑非主流小说，就觉得自己参悟了青春，听了几首感时伤怀的民谣就觉得自己看破了凡尘。我化着和年龄严重不符的烟熏妆，戴了一脖子劣质塑料做的骷髅头十字架，裤子上拴着丁零当啷的铁链子，声嘶力竭地唱歌，唱得流下眼泪，日日夜夜自我感动着。

酒吧工资不高，好在管吃住，住处是老板另给我们租的公寓，男生一间，女生一间，条件还不错。乐队里只有鼓手和我两个女孩，所以理所当然地，我和她住了一套房。

鼓手脾气怪，性格孤僻，喜欢独来独往。虽然我俩住一套房子里，能打照面的机会是少之又少，她整天神出鬼没不见踪影，很难说是本就如此，还是为了避免和我打照面。每天夜里乐队演出结束，大家都会在附近找个小馆子吃饭。她从不参与我们的话题，闷头一顿吃，喝酒喝得凶，饱了就一个人蹲到门口去抽烟，等我们出来。贝斯手抻着脖子看她蹲着抽烟的背影，给她起了个名，叫桀骜姐姐。

吉他手说女孩子们得一视同仁，桀骜姐姐都有昵称了，我也得有。

于是贝斯手豪气干云地一挥手，指着我说："你叫叛逆妹妹。"

桀骜姐姐不应该叫桀骜姐姐。她应该叫没眼色的憨瓜婆娘。

虽然住在一间房里，她却自在的仿佛我完全不存在。无视我的声音与动作，无论我说什么都不给予我丝毫回应。我们晚上要演出，所以白日要抓紧时间补觉，她觉少，睡不了多久，半上午就能起床。

桀骜姐姐在厨房里做饭，煎锅和抽油烟机的噪音混得惊天动地。吃过饭，她在客厅里跳舞，音乐是一首老歌，她的硬底皮鞋踏在地板上，噼里啪啦像下雹子。我多次抗议，杯子砸在门板上摔碎了三个，她仍我行我素。

桀骜姐姐不应该叫桀骜姐姐。她应该叫鼻孔朝天的高傲哑巴。

嘴巴长着用来呼吸，鼻子长着用来看人。她开口说话的次数屈指可数，是一副被烟熏坏的嗓子，哑得像个男人。那样的声音却意外地打动我，我开始偷听她说话。无奈，她实在是太不爱说话了。我只听到过几次她哼歌，嘶哑的歌喉，旋律很美。当她注意到我在留意她声音的时候，那歌便戛然而止。她用俯视的角度睨视我，眼神轻蔑。

我应该讨厌她。事实上，我确实讨厌了她很长一段时间。

桀骜姐姐不应该叫桀骜姐姐。她是眼光独到的潮流姐姐，手巧人美的漂亮姐姐，做饭好吃的厨娘姐姐，还有雨天为我撑伞的温柔姐姐。

是的，我对她的印象改观得猝不及防。我想也许是在某次演唱会前的化妆室里，我当众挨了经理的骂，她突然摔了手里的鼓槌，一把将我推到了她身后。

她个子比我略高一头，正好挡住我。

那个磁性沙哑的声音说道："就她年纪小，数她最好欺负，是不是？"

我惊愕地抬起头，看见队里其他的人也讶异地望来。她说罢，面无表情地与经理对峙，把那个欺软怕硬的秃头噎得不知道说什么好，半晌憋出一句："走着瞧。"

她冷冷道："太秃，晃眼，瞧不见。"

这次的事以后，桀骜姐姐仍和从前一样对我视若无睹，白日里她仍是拆家似的闹。我在楼下的便利店里看见了一对棒棒糖，白猫和黑猫缠着尾的设计。我盯着两只猫出神，店里的音响突然响起了熟悉的旋律，是她常哼的那首歌。我问曲名，店员笑着说："这是一首法语歌，是唱给情人的歌。"

我失神，只顾付钱。买下那两支棒棒糖，无端想送给她。回去以后摆在厨房显眼的地方，留了一张写得歪七扭八的字条：送给姐姐。

本以为她不会收，第二天，放糖的位置空了，我的卧室门口摆了一支口红。是我很喜欢的色号，轻奢牌子，顶我小半个月工资。我只在微博上说过好心动这一只。

这么细想，我忽然觉得蹊跷。我的微博统共十三个粉丝，十一个是僵尸粉。剩下两个，一个是我的小号，一个是陌生人。陌生人粉我的时间，差不多是我刚来酒吧打工的时候。

我打开私聊窗口，小心翼翼地敲下一句：是你吗？

没敢发送。

桀骜姐姐还是老样子，要不然一言不发，开了口就是掏心剜肺似的毒。我听得一愣一愣，贝斯手就笑我，叛逆妹妹这时候像个呆头鹅，好认真，只差记笔记啦。我被他说得面红耳赤，慌忙低头去试麦，余光瞧见桀骜姐姐在看我，更手忙脚乱起来，小鹿乱撞般的惶恐与不安。

我和着酒吧吊顶五彩斑斓乱射的光高歌，挥汗如雨，踩着她打出的激昂鼓点，那么有力量的节拍，仿佛巨石砸进深潭溅起千层浪，萎靡在沮丧里的鲜花刹那间百花齐放，我忽然觉得生命充满了意义。周末白天出门，我破天荒专程去书店买了一本英语书。天知道我有多讨厌学习。

离开家已经有小半年了，突然想到了离家出走那天妈妈的眼神，锋利又绝望，她说："好啊，你走吧。你不要念书，不要向上，你能耐大着哩，以后做了大明星，我和你爸可高攀不起。快滚，滚吧，当我没有生养过你。"

言辞决绝如刀割开我，血肉模糊的疼，我冷汗涔涔。

那本英语书，最终还是被我塞进了离家几步之遥的垃圾桶里。我跑回公寓扭身进了浴室，拧开水龙头，蹲在莲蓬头下抱着自己号啕大哭。我不知道眼泪为什么而流，可我知道我并不后悔。浴室外，桀骜姐姐的硬底皮鞋还在地板上噼里啪啦地响。她双腿修长匀称，富有力量，所以那声音格外铿锵。

水是烫的，眼泪也是。

外面的舞步停得无声无息，浴室门拉开时，我还蹲在地上，保持着一个让我觉得非常难堪的姿势。她穿着衣服，两手空空，忽然蹲下身抱住赤身的我。水劈头盖脸地浇，淋湿了她的衣服，桀骜姐姐把我抱得很紧，我听见她的心跳。

那天，她什么也没说。从浴室出来，她只为我找了一件她的干净衣服，有草木香。给我掩上门前，她轻轻道了声，做个好梦。

我把脸埋在被子里，眼眶又酸起来。我想说你别走，你再陪陪我，你今晚留在这里和我一起睡，好不好。

我小心翼翼地藏起我的喜欢，如同杀人犯遮掩案发现场。我知道这个比喻很不恰当，可我想不到很合适的形容词，来表达我对桀骜姐姐的感情。

我从未打听过她的故事，可那天湿漉漉的拥抱分明让我感到她和我是一类人。

那天的喷头里流的也不是水，是她过往岁月里已经消弭的眼泪。我听见她哽咽，那样脆弱的呜咽声融进了我的哭声，像向我的胸膛送入一把利刃，还没来得及见到血流如注，那柄刀忽然与我融为了一体。

不知不觉中，桀骜姐姐早晨开始做两个人的饭了。她一如既往惜字如金，只缓缓叩两下我的门，我便知道，这是在喊我吃饭的信号。夏日的凌晨下班，没多久该天亮了，我们散步回去，一起看城市破晓，撕裂深蓝天幕的红日冉冉升起。

她仍用尽全力打鼓，说伤人的话不眨眼，跳舞，唱情歌。我贪恋那个早就散尽余温的拥抱。她送我的那支口红，我用了一半，无论搭不搭当天演出穿的衣服，我都会涂。她看见了仍旧面无表情，最多说一句，违和感太重。

我偶尔会想家，想一想妈妈，想我不假思索的轻率决定，想我可能就要这样荒唐地过一辈子了，想我和她不知道什么时候就会无疾而终的交集。

从十七岁，想到十九岁。

然后我走了狗屎运。

我被一家顶尖音乐公司的经纪人挖走了。经纪人说我是天生适合唱歌的人。我会火，会大火，会像一个传说。以后供万人瞩目，全世界为我疯狂。我觉得那样的构想太过遥远。毕竟此时的我，还是一个买支轻奢口红都要在微博上絮絮叨叨好几个月的抠门小驻唱。

临走前一夜，桀骜姐姐买了啤酒和凉菜，她喝了一口酒，忽然问我："你也是跑出来的吗？"

这句话问蒙了我，逃离……如果从前顶着我妈殷切的希望去违心地学习是煎熬的话，那么我是。

她笑着说："我也是"

桀骜姐姐头一次说起她的故事。小学起是三好学生，初中起是学生会主席，高中因为家里有矿，被送去法国念书，奖学金拿到手软，大学是保送的常春藤名校。一路开挂的人生，我想都不敢想。架子鼓是高中的时候学的，她喜欢肆无忌惮地发泄敲打，而不必担心手劲过大而打坏什么东西。

"我想体验另一种人生——属于我自己的人生。"她顿了顿，漂亮的眼睛里闪着烟头忽明忽暗的火，"大学没有毕业，我就逃走了。是真正意义上的逃走。他们找我找疯了，试图通过冻结我的银行卡来限制我的行动。"

她陷入冥想，许久不开口，旧事在她心头烙下一道疤，会结痂，可能也会愈合。她说，她那时候惧光怕人，疯疯癫癫地想，古希腊的哲人究竟是战胜了自我，还是突破了时代的桎梏。她觉得人生无味。

那会儿抽烟太猛，坏了嗓子。她沙哑地笑了一阵。即便那样，她也未曾掉过眼泪。从光芒万丈跌入黑暗里蛰伏，都是她的选择，她扬起鼓槌的时候发现，原来她所向往的生活是这样的。

"这样，是哪样？"我喝得舌头发直，血往头上冲。

"是骂骂咧咧着活不下去了，又在泥里打个滚，厚颜无耻地继续讨生活。"她的措辞还是犀利得要命，"是前一晚觉得自己这辈子都爬不起来了，瘫软在地上等蒸发。第二天太阳照常升起的时候忽然想，睡一觉起来，还能再往前连滚带爬，赶一段路。"

冲动沉淀以后的沉稳，让我想好好抱一抱她。于是我这么做了。她在我双臂的环绕间怔了一秒。我问她："后来呢，为什么不回家？"

桀骜姐姐低低地笑，她病态的低音很奇妙，比男人天生的低音更具诱惑力："野了的金丝雀有时候比隼更凶残。"

她的玩笑话听上去一点儿也不好笑。我更愿意相信说这话的时候，她是认真的。

我说:"好吧,明天我就要走啦,在那之前我有两个秘密,作为交换希望你也告诉我两个秘密。"桀骜姐姐摆出无可奉告的模样,对我开出的条件毫不动心。

我有些紧张,下意识地舔了舔唇。她抿了抿唇,半晌才道:"我希望你回家。"这算什么秘密,我笑得更沮丧。"那第二个呢,说好了两个。"我不死心,继续追问。

"如果在我的身上已经没有可能,那么我希望你替我重新光芒万丈。"她缓声,对上我的眼。这分别漫长而温柔,她知道明早就会有人来接我,今晚连那个向来与我不对付的经理都谄媚地笑着和我套了近乎,说着勿相忘的客套话。

我要像月亮一样飞上云端,而她依旧深陷泥潭仰望一方无星的夜空。她祝福我,从今往后,我们不会再见了。

"做个好梦。"像两年前那样,她收了空啤酒罐和塑料袋,公事公办似的叮嘱我。

我听惯了她沙哑的声音,牵住她的右手蓦地抱住她,我想这样做很久了。

付诸实践行云流水,她错愕地瞪大了眼,眼眶绯红,我赌她舍不得我,更不会推开我。

"这是我的第一个秘密。"

"第二个是——"

"我已经和公司说好了,我要带一个鼓手去。带一个能掀开我灵魂熔炉盖的鼓手,她将我从里面拖出来,赋予我全新的模样。要变得更好,要一起回家,要一起发光。"

我不用再小心翼翼地看着她的背影了,我们如今是战友,是搭档,要并肩携手狂奔向下一个远大前程。

　　我说我们还要继续逃跑，做最嚣张的歌手和鼓手，万众瞩目里，做镣铐锁不住的两个尘世妖怪。好不好？

白眼狼

BAI YAN LANG

现代篇 XIAN DAI PIAN

　　无数个万籁俱寂的凌晨，身旁躺着熟睡的妻子，我睁开眼不止一次地想："这个世界欠我一座奥斯卡小金人。"

　　在白天，我极力扮演着一个负责的好医生，一个温柔的好丈夫，一个慈爱的好父亲。洛城的阳光很好，我似乎已经走出了少年时期的阴影，成长为一个稳重风趣的男人。然而只有我清楚，保持了十几年的讨好型人格，已经将我的余生框在了铁架里。

　　我需要不断地表演，维持着一个讨人喜欢的形象。我惊诧于自己的耐力，即便是面对深恶痛绝的人或事，仍能面露微笑游刃有余。大学的时候，睡我对面的兄弟问我："于慎，你有歇斯底里地发过脾气吗？"

　　我仔细地回忆了一下，难免有些悲哀。

　　"没有。"我答道。

　　"我真讨厌你这种笑容。"他转过身去，笑着调侃，"太装了。"

　　转身的一刹那，他的眼睛映在了他面前的电脑显示器上，黑色的笔记本边缘透着冷感的光泽，我看见他眼底的笑意瞬间消散，取而代之的是浓烈的鄙夷。

　　那句"太装了"分明是真实评价。

　　"你懂什么，女生就吃这套。"我装作什么也不知道，若无其事地接茬继续开着自己的玩笑。

　　他背对着我，笑了起来。笑声仿佛发自内心，令我怀疑刚才那个对我满面嫌恶的室友，究竟是不是错觉。看吧，不只是我，其实每个人都在表演。只不过我演得格外逼真，滴水不漏。

　　年幼孩子的性格，是一团柔软新鲜的黄泥，受各种因素影响。原生家庭是第一股能够改变这团黄泥的外力。那些扭曲奇异的性格，在我看来通通是可以理解的。可我并不同情这些可怜的人，毕竟我自顾不暇。

　　我的外公是个财大气粗的暴发户，曾经做出过给街坊邻居撒钱这样荒谬的事。由于外公只有我母亲一个独生女，因此我父亲是个倒插门女婿，也就是大家说的入赘，这让他觉得自己一辈子都抬不起头。

　　外公过世后，我父亲继承了全部遗产。他用这笔钱大肆入股投资做生意。一开始赔了很多，后来逐渐摸到了门路，从此钱生钱，家里的日子过得越来越红火。我母亲是个很强势的女人，她的强势并不是呼来喝去的威压，而是温柔。温柔的破坏力要比暴力强千百倍。

　　"于慎，我们这样做吧。"

　　"如果你不这样做，妈妈会很难过。"

　　"其他好孩子都是这么做的哦。"

　　"你这么懂事，会忍心看我流泪吗？"

　　于是我总是情不自禁地去做着各种各样我讨厌的事，每当我反应过来的时候，手里已经在做了。我对如此身不由己的日子感到茫然，之后是日复一日的重演，我逐渐开始习惯。

　　"这样做了，妈妈就会高兴。"秉持着这个想法，我像一个故作成熟的小丑，努力地取悦她。高烧三十九度依然冒雪去上学，即使非常讨厌小提琴，还是要装出一副能够学小提琴很幸福的样子，对妈妈挥手。

父亲则不然，倘若说母亲是冬日的河水，柔和却寒冷，父亲就是一道狂怒的雷，时常劈得我伤痕累累，心惊肉跳。外公在世期间，他一直压抑着自己，忍气吞声极尽诌媚。外公过世后，他如同等到了发泄口，自此不加掩饰，隐藏了十几年的坏脾气一泻千里。

我挨过不计其数的打骂。父亲很少关心我的生活，他发怒大多是因为我的成绩没有达到他想要的标准。印象最深刻的一次挨打，是我读高中的时候。那个女孩是我的同学，座位离我很近，我原以为一生都会牢牢记住她，现在想来，她的容颜早已经模糊不清了，只记得她叫辛誉。

那段时光，像是长在皮下的伤口，外表完好无损，但稍微一碰那层薄薄的皮，我就痛得汗如雨下，想要发狂叫喊。她的身形、声音、动作，都一清二楚地刻在我的脑袋里，唯独那张脸，仔细回忆，我的眼前只会浮现一团微弱模糊的火。

辛誉和我说很多话，说她小时候不开心的经历，一件件全都印刻在她的骨头上，痛苦的精细纹路雕琢在她灵魂的每一个缝隙，随着呼吸蠕动。

我第一次发现，原来一个人可以活得这么难过。再一思索，忍不住笑起来，我连自己的喜乐都无法感知，又有什么资格感慨她的不幸。辛誉被母亲一句句恳切但偏执的"妈妈爱你"绑架。就像我被一句句"你是好孩子，所以你一定要这么做"捆束一样。

我们之间唯一的不同，是她在用实际行动表达着自己的不满，而我逆来顺受地承接了全部。

我还记得她跳舞时用尽全力挥臂的动作，一点儿也不柔美，像是想击碎什么。

有天我凑近辛誉神秘开口，说要带她去个好玩的地方。

"你敢不敢？"我激将道。

"那我先带你去个好玩的地方。"她后来居上道，"你敢不敢？"

她带我去了那个天台。我运气很不好，第一次去，电梯就坏了，我们爬了二十多楼，气喘吁吁。登顶时，天正好黑了，满街的路灯全都亮起来，车流织成一条浩瀚的银河，慢慢涌动。

仿佛天上闪烁的是车灯，地下的才是货真价实的星星。

我震撼得说不出话，半天才感慨道："这么多年，我从来没有看过除了母亲指定的地方以外的景色。"

我妈从小就为我编排好了未来的人生，我按部就班地活着，按部就班地长大，按部就班地考学。我站在天台上冲着她寂寞地笑了，我说以后也许还会按部就班地娶妻生子，然后按部就班地死掉。

她笑得很大声，像个疯子，不远处的住户都打开窗户抬起头往上看。

"一直以来，你都给我一种很自由的感觉。"我评价道。

"我是很自由，并且亟待学会高空飞行。"辛誉张开双臂，站在天台边缘，闭上眼睛，"我经常来这里。我想，万一我和别人不一样呢？万一我是会飞的呢？"

我看着她，干巴巴地笑了，最后豪气地一挥手："走，我请你吃饭。"

"我想吃牛肉面，八块钱一碗的那种。要加肉，加肉加三块钱。"她提出要求。

那天的面辛誉吃得很香，因为她要填饱肚子，回家应付和妈妈的"世界大战"。我撑着脑袋看她吃，她叼起一根面条，甩了我一脸汤。

"馋不馋？嘿嘿，我偏不给你吃。"她故作轻松道。

"你想哭吗？"我没头没脑地说。

她一怔，低下头去捞面，第一次那样没好气地骂道："神经。"

高三上学期，辛誉又和妈妈吵架了。这次吵得更加激烈，她的手机被从窗口扔了出去，摔得粉碎。原因很好笑，辛誉的日记被母亲翻阅，而在这之前的十几年里，那位母亲口口声声承诺，一定会尊重她的隐私，绝对不会越界。

那位母亲的承诺只是为了让辛誉放下戒备，从而更方便地查阅她的秘密。

"你的抽屉没有上锁，不就是为了让人看的吗？"她理直气壮地说，"你要是没有见不得人的东西，会怕人看吗？"

一瞬间，辛誉的脑袋里岩浆滚沸，冲走了她的理智。不过须臾，岩浆冷凝成了石块，硌着她的神经，痛觉令辛誉清醒。"你说得对。"她忍不住笑了。

半夜十二点半，辛誉拎起外套，夺门而出。她借了路人的手机，给我打电话，说她没有地方去了。我风风火火地赶出来找她，我们开了一间双人间，一人一张床，我窝在黑暗里注视她，她打开窗户，站在窗边发呆。

辛誉并不抽烟，但在厌烦的时候会点一根在旁边放着，烟灰缸很快积了一层灰。我们闲谈，聊很多话，我只字不问今晚发生了什么。

她啰唆地说着颠三倒四的话，一会儿说小时候在镇子上没有老师能降得住她，一会儿说她哭着追她妈的车跑。

她说她啊，真讨厌跳舞，说挨的那些耳光，一个人流的泪和汗，度过的黑夜，她说自己很难受。这句话一出口，我发现她在哽咽。

我慌张地从床边坐起来，她顺着窗边的墙慢慢滑坐到地上，发出了长长的哭声。我们离家出走的事，被班里好事的女生看到了，经过她浓墨重彩的渲染，这事很快闹得人尽皆知。学校立即通知了家长。父亲去学校领我，在老师的办公室动了手。那是我头一回忤逆他，我大声说，我们之间什么也没有。

他吃了一惊。他习惯了那个打不还手骂不还口的儿子，柔顺得像只任人宰割的小绵羊。现在绵羊突然咬了他一口，虽然不痛，但已经足以触动他统治者敏感的神经。那晚我回家挨了很久的打，最后父亲被母亲拉住。我不觉得身上疼，只是在脑袋里重播辛誉最后看我的目光，深得要命，似一道深渊。

父亲雷厉风行地办好了我的转学手续，临走前，我悄悄去见辛誉。在楼道里，她一言不发，坐在台阶上，只是捏着一支烟。

"不要抽烟。"我制止道。

"我没有抽烟，这是星星。"昏暗的楼道里，辛誉扬起头看我，她背光站着，脸藏在一团模糊不清的雾里："我只剩一支'星星'了，可我还要点亮漫长的黑夜。"

"我要走啦。"我努力摆出温柔的样子。

辛誉不耐烦地挥了挥手，看我在一团烟里转身下楼。她一如既往地催我快走，不耐烦地挥手，连一句再见也没给我留下。

我不知道的是，脚步声远了，烟头烧到了她的手指。辛誉没有告诉我，她妈已经断掉了她所有的经济来源，她妈发现这是控制她最有效的手段。她只剩最后一支"星星"了，藏了半个月，今天点起来，为我送行，祝我前程似锦。

我很想说一句，等我。等我来救你。可我自身难保，我说不出口。

高考前几天，我总梦见辛誉。她说她要飞走了。我想，确实如此。高考完，她就可以离开家，去新的城市，开启新的生活了。我们都是，一切都会越来越好。后来我偷偷地回到过那座城市，找到她家。那间屋子已经换了主人。

"这家小女孩死掉啦，就几个月前的事呢！你是她同学吗？"她家对门的老爷爷问。

我没有答话，失魂落魄地逃了出来。她没有骗我，她真的飞走了。

沿着老旧的街走到日头朝西，母亲的电话打了来，她限制道："六点之前，必须回家。"我已经十八岁了，恍然觉得，能被母亲这样管，我大抵只有八岁。我的世界里狭隘得只剩下母亲一个人。我听见自己平静温和地回答道："好。"

比徒劳无功的抗争更可怕的，是心甘情愿的沉沦。

我和巴雅在洛城生活了将近十年。

大学时，我们平淡地相识相知，然后恋爱。大学毕业后没多久，我们就结婚了。巴雅是华裔但是从来没有回过国，她有着形形色色的追求者，最后选择了我。

"因为你有一种踏实的厚重感，和你在一起很安心。"她说。

婚后的夫妻生活和我预想中的一样和谐，巴雅是全职太太，每天早晨我要去上班，她就穿着我的白衬衣，披散着头发，在厨房为我做早餐。我在餐桌前看报纸的时候，她从身后环住我，身上还残留着我的男士香水味。她朝我的耳朵吹气，一直吹到我忍不住拧过身去按住她，她在我手底下咯咯地笑。

"于先生。"每当巴雅郑重其事地喊"于先生"，都是她撒娇的先兆。

"我想为你生个孩子，最好是个男孩，像你一样温柔。"她说。

我不想他温柔。我倒是希望他能自由自在地野蛮生长，至少不要觉得来人间这一遭，是个不值得的辛苦差事。

"他会的。"我言不由衷地抬起头，对上巴雅含情脉脉的眼眸。

当我戴好腕表，由巴雅亲手为我扎好领带，把西装扣子一枚枚塞进扣眼，我们吻别。我从车库开出我的车，在妻子扶着门框，依依不舍的目光里远去。我拧开车载收音机，里面嘈杂的对话，让我产生强烈的孤独感。

我知道如果我的妻子不是巴雅，换了其他任何一个女人，我也会这样对待她。我会对现任妻子负责，并不代表我会忘情地去爱她。或者说，我丧失了悸动的能力。扮演角色是我一生的使命，如同以前讨好母亲。现在，我在讨好我的妻子。

我平稳地驶过一个街角，私人医院的招牌闯入了我的视线。接下来，我要扮演一个好医生，去讨好我的患者了。

和巴雅结婚的第四年，我们有了孩子，是个女孩。产房的夜很长，孩子被抱去了暖箱，巴雅产后痛得厉害。她紧紧掐着我的手，眼泪爬满了苍白的脸。

"老公，我有个事想跟你讲。"巴雅虚弱道。

我有预感，定然不是什么好消息，我握住她的手，让她好好休息，明天再告诉我也不迟。她不肯，急惶惶地倒了个干净。

她说当初和我结婚，其实还有一点心思：这里面有她爸爸的意思。她爸爸手里的公司岌岌可危，眼看就要破产，于是她爸打听了她的一众追求者，相中了我。有了我父亲的投资注入，她爸的公司这才起死回生。

"对不起，对不起。"巴雅流着泪，为自己的目的不纯不断致歉。

我轻轻拍着她的手背，告诉她不必放在心上。当初父亲想在这边发展，又不好找寻契机，所以希望我能娶个根基稳一点儿的女人，给他打下一个开拓市场的好基础。这是我的秘密，它永远也不会被第三个人知道了。我们如胶似漆，我们互相欺骗。

女儿稍微长大了些，整体样貌像我，部分细节像巴雅，神情却和我们二人迥异。她比我刚强，比巴雅有韧性。自己学会了骑自行车，其间摔倒无数次，裤子都擦破了，仍旧咬牙不吭一声，最后摇摇晃晃地骑着小车向我们飞驰而来，两个膝盖上，血与泥融在一起。

我已经太久没有过情绪波动，任何事都不会牵动我的心情。笑不代表喜悦，蹙眉不代表凝重，我的躯壳有自己的思想，住在里面的我麻木得仿佛死去多年。看到她这样的举动，我迟钝的心脏开始震颤。

没过太长时间，五月底，国内打来电话。说母亲急病发作，去世了，走之前一直念叨我。我心如止水，喉头却哽咽不已，我分不清我是真的痛苦还是依然在表演，继续扮演着一个孝子的角色。事发仓促，我和巴雅连夜买了机票，带着女儿一起回国。城市熟悉又陌生，这里的人也一样，我沉默不语地观望，无端地想，离学校很近的那家牛肉面馆，现在搬去哪里了呢？

下了车，我还没上台阶，眼泪便狂涌了出来，三步并作两步冲进灵堂，扑倒在母亲的黑白遗像前长跪不起。

旁人都道于家的儿子是个大孝子，不远万里从异国飞回来，这副痛不欲生的样子，一定和母亲感情深厚吧。事实上，我只悲恸了一刹那，须臾就被浪潮般的灰色死寂覆盖了个彻底。我已经忘记了要怎么难过，还好我没忘记怎么哭。极致的虚伪演绎得太过卖力，就成了感天动地的真情。

在本市停留了些时日，我瞒着巴雅，领女儿去我少年时读高中的城市看了看。说到底，还是想看看那个女孩。不抱希望地在陵地里挨个看去，角落中，真的找到了她。那团燃烧在脑海中陈旧而空蒙的火，渐渐清晰了。碑下有一束新鲜的花，我恍惚地想，五月似乎是她的祭日。我拉着女儿站在碑前，静默地站立。

"这里面是你喜欢的人吗？"女儿指着碑上年轻女孩的黑白照片，问我。

我的思绪被狠狠拽了一把，连太阳穴都突突地痛了起来。

"不是，"我说，"这里面躺着的是一团火。"我抬高手臂，指向很远的地方："她的情人是灯塔。喏，那个位置，以前是个灯塔。"

曾经鹤立鸡群般竖着的孤独烟囱已经被拆了，一排排高楼在霾天中虚张声势地昂首挺胸。女儿顺着我的目光似懂非懂地看过去。良久，她的神情迷离起来："爸爸，你说人会不会飞呢？"

我一愣，如鲠在喉。

"万一我会飞呢？万一我和别人不一样呢？"女儿的视线还在远处，比母亲离世更有冲击力的感情波动，迅速蔓延在我的胸膛，撞碎了我尘封三十多年铁铸的锁。

我呆了片刻，霎时泣不成声。

愈合
YU HE

现代篇 XIAN DAI PIAN

"原生家庭于你而言意味着什么？"

· 闵绪 ·

闵绪摸黑从床上爬起来，打开冰箱，就着明亮的冷藏室照明灯一口气喝了半盒冰牛奶。鲜得有些发腥的味让她想吐，她拧上盖子，站在冰箱前强迫自己把那股直冲喉咙口的恶心味道咽下去。

酷暑，隔了一扇纱窗门，她听见自家院子里依然人声鼎沸。那张不大不小的麻将桌被围得满满当当，硬邦邦的方块滚动在牌桌上，搓牌声稀里哗啦。闵绪合上了眼，没有人记得，她已经是一个高三的学生了，现在需要安静的环境。

"九万！"有人摸牌。

"十三幺——"那声音拖长了，隐含着炫耀的意味，那人继续推牌高喝道，"国士无双！"

踩着满院热闹的喝彩和唏嘘，她回到自己的房间，悄悄关上了门。想到今天下午林小慌问她的那个问题，闵绪不假思索地给出了答案："灾难。"

林小慌瞪圆了那双深棕色的杏眼。

闵绪没有给她反应的机会，雷厉风行地收拾好了自己的画具，提着包匆忙离开了画室。仿佛是在逃避，她狼狈地想，这很不光彩，她怕林小慌对她说出任何有怜悯意味的话。她的书包里装了厚厚一沓稿纸，上面满是凌乱的线条，画崩了的人像，糊成灰蓝色的颜料，还有纸页边缘用铅笔写下的潦草的三个字：我想逃。

集训前，闵绪参加了学校统一的校内学生心理测评，出结果的那天，她立刻就被班主任约谈了。这个教英语的年轻女老师担忧地说，根据测评，初步判定她有些许心理问题倾向，希望她可以考虑去大医院做正规检查。

闵绪低着头没有说话，她有意地拉低了自己的袖口，那里横满了细长的刀口。有一道尤其靠下，午餐时被林小慌看见了，她欲盖弥彰地说是画素描削铅笔的时候不小心割到的。林小慌点了点头，她知道林小慌没有信，无意的刀划不出刻意的伤口。

办公室里其他老师的视线朝这边投了过来，焦虑感登时犹如夜海潮起，从四面八方袭来，无孔不入地包裹了她。闵绪硬着头皮，低声下气地嗫嚅道："测评问卷我是瞎填的，那个结果没有准确性。"

班主任反复打量着她，双方良久的沉默让闵绪产生了逃离这里的强烈念头，这样的安静充满了不信任，而她也确实撒谎了。闵绪抬起头勉强挤出一个笑脸，试图让自己的解释变得更有说服力，这个笑脸让班主任放过了她。

站在走廊里，她贴着墙立了三分钟。这三分钟里，闵绪回味了一遍班主任说的话，包括让她去学校的心理咨询室和心理医生聊聊天。高三压力大，很正常，就算没什么病，去释放一下、调节调节精神状态也很好。闵绪觉得难堪，在一个穿着白大褂的陌生人面前敞开心扉去诉苦，好像另一种羞辱。林小慌急急忙忙地赶来了，看见闵绪一个人，她松了口气："没什么事吧？"

闵绪摇了摇头。

"要去集训了，未来一年都要全国各地到处跑啦，可能要住在山里，不知道会不会有温泉酒店啊。等高考完，我们就去毕业旅行，你有没有……闵绪，闵绪！"林小慌的话没有说完，闵绪已经先她迈开了步。

畅想不切实际的未来，在她看来荒唐又好笑。她有什么可想的呢？常年不着家，缺席了她大半人生的父亲；丢了一百块钱，会摔开她的卧室门，高声质问是不是她偷了钱的抠门母亲。她唯一觉得能够松口气的事，就是集训期间可以离开家。离开那方逼仄狭小的院落和那间闷热潮湿、让她无法呼吸的卧室。

画画的时候她是无害而安静的，笔尖落在白纸上，她终于能够什么也不去想。可那样的泼洒也使她痛苦，画到后来，每一张纸上都是自己煎熬扭曲的影子。那些影影绰绰的人像包围了她，像照镜子一样，她看见了奋力求救却无法发声的自己。她想睡觉，用尽所有的时间去睡，睡到一睁开眼，迎接她的是满目疮痍的世界，大脑袋大眼睛的 ET 走下宇宙飞船对她说，你是最后一个人类幸存者，欢迎来到地球的新纪元。

但是这种事不会发生。

闵绪不是电影里一夜醒来被神眷顾的天选之子，她深谙自己的平庸，所以无以复加的绝望笼罩着她。她很感激林小慌，林小慌用实际行动拖拽着她，不让她从悬崖边落下。她是一束光，光能照亮，却永远不可能拥有实体，成为溺水人的救命稻草。所以她也嫉妒着林小慌，嫉妒着她那么幸福，还那么善良。

一条流动的活水河穿过了槐城，汇进远方的江海。

这座靠着槐水河吃饭的城市，打出了运输枢纽的招牌，渡口总停满待载的货船。闵绪在槐城生长了十七年，在她的印象里，铁皮制的船头乘风破浪的水声与汽笛长鸣声，灌满了童年的黄昏。她妈姚美琴那时候还年轻，烫一头时髦的细卷发，做流行的大红色长指甲，不轻不重地拍她屁股一下，笑着让她赶紧洗手，准备吃饭。

闵绪不敢细想一切是在什么时候开始转变的，可能是从闵成楼突然下岗起，也可能姚美琴一直都是那个刻薄的样子，只是闵绪幼时的记忆美化了她。

她和父母第一次发生激烈冲突，是在十四岁。

晚饭时间，姚美琴自认为是开玩笑的一句话让闵绪觉得自尊心受辱，她放下了筷子，被视为反抗和挑衅，于是立刻换来了姚美琴变本加厉的冷嘲热讽。她平静地指出了姚美琴话里自相矛盾的点，然后细数了过去十四年里，姚美琴所对她说过的每一句自认为是开玩笑，却令她夜不能寐的恶毒语句。她原想逐句对姚美琴说一遍，让她亲自尝尝那滋味究竟好不好受。

但是她只说了一句，就立马换来了一个响亮的耳光。

闵成楼厚重结实的巴掌抽在她的右脸上，火辣辣的疼，右耳当即嗡鸣不休。

闵绪尖叫了一声，把瓷碗狠狠丢在了闵成楼的身上，那碗落地摔得粉碎。姚美琴用俚语高声叫骂着，质问闵绪是不是疯了。她一边号哭，一边歇斯底里地掀翻了木质的小饭桌，把手边能扔的东西，全部抛向了姚美琴。那天槐城静得可怕，除了闵绪刺耳的哭声，什么也不剩。

姚美琴逼迫闵绪妥协的手段是经济压制，没承想，她那一次出奇的不服软，大有宁愿饿死也决不低头的骨气。她在夜里潜进浴室，没有开灯，打开莲蓬头，站在水里抚摸自己高肿的脸颊。

那一刻，闵绪想了很多，又什么也没有想。

孩子是否理应完全听话？孩子的反抗是否真的是无理取闹？孩子有没有自我意识？父母在不在乎那样脆弱易碎的心？倘若打着爱与呵护的旗号去养育生命却没有尽心，那么该道歉的人到底是谁？从前那么多的孩子，都是这样长大的吗？她在水里幻想着，幻想着未来，幻想自己成为母亲的样子。

那些想象开枝散叶，变成了参天大树，枝叶从浴室的窗户伸出去，伸到槐城静谧的夜空里。闵绪蹲下身抱着自己，像一只小动物，小声地哭了起来。

那夜之后，闵绪好像生了病，可病灶是在更久之前就埋下的隐患。

没有人关心这样不痛不痒的异变，姚美琴逢人说起，只讲闵绪是青春期到了，前段时间吵架了，叛逆得很，还在闹脾气。

闵绪第一次萌生出远离这里的念头。

初三拍毕业照，闵绪一个人藏在取景框的角落里，摄影师说了好几遍，让那个最左边的小姑娘靠过来一点，她都不为所动。最后是身边的女同学扯着她的校服衣袖，把她拉近了人群。

快门键按下，所有人都在笑，闵绪面无表情，像是被拽来强行合影的路人。

上了高中，闵绪的注意力越来越难以集中，成绩一落千丈，基本次次垫底。她嗜睡且厌食，体重掉得很快，脾气喜怒无常，尤其容易被激怒，多次和同班同学发生口角和肢体冲突后，班主任不得以约谈了姚美琴。

姚美琴从办公室出来眉头紧锁，她领着闵绪回了家。预料之中的疾风骤雨并没有到来，姚美琴什么也不说，先进厨房给闵绪下了一碗热腾腾的西红柿鸡蛋面。

　　闵绪默不作声地坐在她对面吸溜面条，用筷子戳出流心的蛋黄时，她听见姚美琴问道："囡囡，你最近是不是不太高兴？"

　　闵绪不去看她，只顾低头吃面。面碗里升起的氤氲热气钻进了闵绪的眼睛，眼泪又扑簌簌地掉进了面碗。她哭得厉害，但吃得更凶，筷子夹着面，不停地往嘴里塞，送不进去，面又从嘴里纷纷落回去。她始终不敢抬头去看姚美琴现在是副什么表情。姚美琴叹了口气，忽然起身抱住了她，她闻到姚美琴身上熟悉的洗衣液香气，嘴里还含着咽不下去的面条。

　　起先还能保持克制的哽咽，但是很快，她躲在姚美琴的怀里，委屈得号啕大哭。

　　她说她不想上文化课了，去学艺术好不好。

　　姚美琴说好，怎么样都好，只要她觉得快乐，学什么都是出路，学什么都可以。

　　闵绪不知道学什么会快乐，她好像很难再开心了。

　　美术和音乐中，她选择了美术。

　　宁静的画面能够让她感到暂时的轻松，在创作的过程里，闵绪是她自己的上帝。生杀予夺全看她的心情，她得到极致的快感，不过相对应地，在放下画笔的一刹那，万籁俱寂的空虚犹如猛兽反扑，嚼碎了她的四肢百骸，把完整的她再一次肢解。

　　林小慌是与闵绪截然不同的艺术生，她学画画并不是为了寄托无处安放的痛苦，她的文化课成绩优异，学美术只是因为喜欢。她说自己喜欢的东西时，眼睛里有亮晶晶的碎星。

烹饪、阅读、种花养草，都是她的爱好，她还会跳一点儿爵士舞。林小慌大方地问闵绪，愿不愿意去她家做客，她会烤小饼干，还会用菠萝和西瓜做饮料。闵绪在画板前纠结了半天，别扭地答应了邀请。

林小慌的家很大，没有逼仄的、仿佛要挤压过来碾死人的四壁；明亮而宽敞的客厅里，有一张用精致的金边相框环起来的全家福。闵绪凑近去看，看见了林小慌高大英俊的爸爸和温柔漂亮的妈妈。

"你爸爸会打你吗？"她问。

"不会呀。"林小慌也凑过来，她奇怪地看了看那张相片，答道，"怎么了？你爸爸会打你吗？"

闵绪惊慌失措地摇了摇头。

林小慌的烤饼干甜得离谱，她加了很多蜂蜜和巧克力，第一口，吃得闵绪皱起了眉。

"不好吃吗？"林小慌紧张地问。

"好吃。"闵绪把那半块饼干咽下去，又咬了一口，委婉地说，"稍微有点甜了。"

"心情不好就是要吃甜的呀。"林小慌喜笑颜开，"今天的时间来不及了，下次我给你烤蛋糕。挤厚厚厚厚的奶油花边！"

她一连说了好几个"厚"，仿佛奶油蛋糕带来的快乐，也会随之而加重。

行走在槐城八月底的微风里，闵绪朝着家慢吞吞地挪步，她专心致志地踢着一颗小石子，回忆起片刻之前林小慌用力挥手喊她下次再来玩的样子。她想，原来有人可以过得那么简单快乐啊。

渴望长大，渴望离开家，渴望成功，渴望飞向更远的地方，渴望拥有理想的生活，要变成林小慌那样温柔的人啊——当天夜里，闵绪一笔一画地在自己的草稿纸上写下这样一段话，又用铅笔胡乱地涂抹成一团麻线。她很久没有见过闵成楼，为了赚钱养家，闵成楼选择去外地打工。

她这几年和闵成楼说话的次数屈指可数，可她知道闵成楼干的是很辛苦的工作。闵绪看见姚美琴为了几毛钱的零头，在巷口的蔬菜店和里面的女人吵得脸红脖子粗，她驻足看了两分钟，然后一个人回到家。趁晚上姚美琴做饭，她在餐桌上留下五十块钱。

"我帮低年级的学生画作业赚的。"她说。

姚美琴高高兴兴地把钱塞进围裙的口袋里，吃饭间把她夸了又夸，说她懂事了，知道体恤家里的不易了。闵绪知道姚美琴有多看重钱，她不得不看重钱，没有钱她们就无法维持生活。

犹记得年轻的姚美琴也会花钱给自己买漂亮衣服，把自己打扮得花枝招展，像一株刚开的蝴蝶石斛。而她现在穿着已经不知多少个年头的旧衣服，早已磨损了袖边。

闵绪突然就原谅了姚美琴，原谅了姚美琴在她十六岁的清晨搡开她的卧室门，恶狠狠地问她是不是偷了自己的钱。钱就是这个可怜女人的安全感。闵绪这个小偷虽然没有偷走钱，可是她偷走了一个女人宝贵的青春，终结了姚美琴作为女孩的体验期，让她几乎一夜从姑娘蜕变为阿姨，操心着柴米油盐，担心着生活明天会不会把她甩下太远。

期待已久的集训如约而至了。

林小慌准备了三个超大的行李箱，仍抱怨东西没有带够。闵绪只带了一个箱子，是青年的闵成楼出差用过的旧箱子，黑漆漆的一大只，像块缄默的石头。目的地是一座山，住处是深山老林里镇子上的旅馆，因为只有旅游旺季生意才好，学校花了很少的一笔钱，就租下了两个月的使用期。

闵绪不怎么给姚美琴打电话，除了画画，闲余的时间，她就一个人漫山遍野地跑。

脑袋完全放空，只是狂奔，树林里的青草地是柔软潮湿的，冷得沁髓，她就地一躺，枯叶沾满身，睁开眼，层层叠叠的树枝拧成屏障，光从缝隙里透下来，有鸟清脆地叫。晚上回到旅店，把脏外套和牛仔裤脱下来，尽数塞进走廊尽头的洗衣机里。定好时间，洗衣机开始运作，她进了房间，林小慌正趴在床上刷手机，闵绪不声不响地钻到卫生间去洗澡。

学习任务越来越繁重，闵绪就没有时间跑到树林里去躺草地了。

她泡在画室，和大多数同学一样，夜半三更仍在画，天不亮又坐了进去。林小慌的黑眼圈夸张极了，她买了大罐的速溶咖啡续命，一晚连喝三五杯，才不至于拿着笔睡死过去。

"你好像一点都不困啊。"林小慌注意到了神采奕奕的闵绪，她担忧地关心道，"有时间睡还是抓紧时间睡吧，过分透支精力很容易猝死的。"

"不想睡。"闵绪头也不抬地应道。

她仍会与姚美琴发生剧烈摩擦，话不投机就摔了电话的事时有发生。因此，闵绪非常需要做一些能够分散她注意力的事去缓解焦虑，她无法入睡的大部分时间都坐在画板前，同一份临摹素材被她画了几十几百张，直到闭上眼，素材的细节都会翩然浮现。

老师夸闵绪的线条，夸用色，夸构图，夸勤奋，夸那盏凌晨四点还亮着的灯。

但画画并不是万能的，来自精神困境的痛苦与日俱增。闵绪深陷其中，并且将那样的压力为她带来的煎熬，变为新的艺术灵感。自由发挥的题材经由她手便显得别具一格。闵绪的画作被贴到了学校的官网，成为展品，供人参观。

除却画画，闵绪还会做一些其他的事。

锋利的美工刀成了另一种救赎。她的左手隐藏在衣服里，那只挽着袖子完美作画的右手白净漂亮。

魔鬼亲吻的左手，神曾牵过的右手。

洗澡时，闵绪把两只手腕举到眼前，发着呆，洗完澡出去又要投入到不眠不休的作业中去，只有这个时候，时间才是属于她的。林小慌在浴室外敲了敲门，喊她一起去吃夜宵。

闵绪不假思索地拒绝了，用的是她一贯的借口：没胃口。

"多少吃点吧。楼下有一家饭馆，前两天隔壁画室的同学去吃啦，他们家有烧烤，味道还不错哦。"林小慌小心翼翼地坚持道。

"好吧，那你等我一下。"闵绪少见地松了口。

两个女孩溜到楼下去，午夜的餐馆没有食客，只有老板和一个帮工。她们点完单，林小慌特意多要了两瓶菠萝啤，酒精浓度低得可以忽略不计。等菜时，林小慌忐忑不安地看了闵绪好几眼，看得闵绪也变得忐忑不安起来，她才开口："过两天就要去山里写生啦，多穿点儿衣服。"

"嗯。"闵绪知道她还在酝酿。

"还有就是，嗯，隔壁画室有个男生，长得好高、好帅。"林小慌说。

"嗯。"

"……你以后可不可以多和我说说话。"林小慌咬牙切入了正题。

"好。"闵绪说。

"我知道你很难过，你也不会多说。我不会指责你、制止你，或者对你说'伤害自己是对爱你的人不负责'。我没有经历你遭遇的一切，所以没有资格站在制高点，对你的所作所为指手画脚。但是如果可以的话，下次再难过的时候，能不能来拥抱我呢？"她果然什么都清楚。

林小慌说得恳切，说完后知后觉，有些不好意思。

恰好盘子端上了桌，热气腾腾的烤串和两瓶冰镇菠萝啤。辣椒面撒得很足，闵绪只吃了一口，就被呛到咳得停不下来。

林小慌急忙给她倒饮料，倒得溢出来了些。闵绪灌下去一大口，又咳了两声，才顺平了气。

"对不起，是我太唐突了。"林小慌道歉。

"不，我还在想怎么回答你。"闵绪放下了木签，垂着眼思考。

"你这样多久了？"林小慌问。

"这样？"闵绪重复了一遍，"假如你是说那件事的话，从初中毕业开始就有了。"

"那样做会让你开心吗？"林小慌说。

"不会。"闵绪答，"但是痛觉会刺激我放弃一些更可怕的念头。"

林小慌没有继续问下去。她咬了咬嘴唇，对闵绪说："辛苦了。"

这一次，闵绪没有再说"嗯"。

"和奇怪的思想抗衡确实很辛苦，我无时无刻不在与自我毁灭倾向斗争。我很自卑，觉得自己辜负了很多人的期望，不能做一个让爸妈满意的百依百顺的好女儿，让我感到愧疚。我其实什么都做不好，我像是腐烂在泥里的种子，可我必须前进。这么说你会害怕吗，小慌？可我就是这样想的，祈盼着能够彻底解脱，又在劝诫自己不准那么消极，明天也许就变好了呢？我远没有我表现出来的那么平和，我憎恨着生活，讨厌每一个人的同时，又矛盾地爱着他们。"闵绪平静地叙述。

"你怕什么？怕黑怕静？怕蜘蛛蜈蚣？怕痛怕死？我什么也不怕。我能够坦然地面对一切，可是我仍无法处理好自己海啸般突如其来的情绪爆发。"她说，"情绪才是我的一生之敌，主动权不在我，它不肯放过我，我只能任其宰割。所以我要做的事还有很多，首先是长大，拥有自己说了算的人生。其次是挣脱这样的枷锁。这太难了，你我都见过失败的人最后走向了一条怎样无法回头的路，但我不会放弃，必须奋力一搏。"

闵绪轻轻地和林小慌碰了碰杯。

"我不能输。"她说，"敬你，也敬我。"

那天晚上的菠萝啤肯定有度数。

不然林小慌怎么醉了。

·❧林小慌❧·

我不喜欢槐城。

槐字里的那个鬼显得阴森森。

"……好吧，我就是在找借口。不喜欢什么东西还需要理由吗？姐姐不喜欢我有什么理由吗？没有吧？就连给我取名字，都取得这么随便。林小慌，听着就有够滑稽的。她自己呢？她叫林琬舒。大方，又有格调。"

印象里的姐姐很漂亮，瘦尖的脸。她有一条雪纺连衣裙，白色的。

据说我还是个小婴儿的时候特别爱哭，除了睡觉，什么时候都在哭，像是很没安全感，会牢牢地捏住离我最近的那个人的衣角或手指。

姐姐说，看起来仿佛想要留住谁呢。总是很慌张的样子，就叫小慌吧。

后来她真的离开了，在她二十二岁的冬天，那年我上小学。妈妈哭得天都暗了，我什么也不敢说，也不敢问姐姐去哪里了。

我破天荒地没有闹，主动抱着书包把自己关在书房里写作业。从家里的亲戚口中懵懂地得知姐姐是生病了，生了很久的病，很痛很难熬的病，坚持了这么久已经很了不起了。所以她的离开，对她来说是一件好事。

于是，我又开心起来了。

我趴在桌前给姐姐画了一幅画，她穿着白裙子，拉着一只粉色的行李箱，在街口的大树下招手。我拿去给妈妈看，她没有像以前一样夸我，反而抱着我哭得更厉害了。我惶恐地缩在她的怀里，恍惚地想，也许是我做错了什么事吧。

办完姐姐的事没过几天，爸爸说要谈生意，订好机票飞去其他地方了。妈妈变卖了家里的店铺，说要做些别的事，把我丢给了外婆。

她承诺，等安置好那边，就接我一起过去。

槐城是一个伤心的城市。

开始我会很想念姐姐，希望她能突然回来，像过去一样陪我画画，给我递水彩笔，推我荡秋千。后来，我有点怨恨姐姐了，她让爸爸妈妈对槐城避之不及。我想，她应该很讨厌我吧。突然多出来一个妹妹，分走了爸爸妈妈对她的爱，不然她为什么老是把自己关在房间里呢？我无意闯进去过一次，她对我大吼"滚出去"，我看见她在哭。

我觉得很恐怖，跑出去给妈妈打小报告说，姐姐在哭。

妈妈沉默着摸了摸我的头。

明明住在一个屋子里，我却很少有见到姐姐的机会。她经常在白天睡觉，吃饭时妈妈会把她的饭菜留出来，我很羡慕她不用去上学。我曾对妈妈抗议过，凭什么姐姐不用去上幼儿园。

妈妈的回答是，姐姐生病了。

好吧。我也想生病。

我眼巴巴地盼着自己能突然肚子痛或者发烧，这样我就可以和姐姐一样光明正大地躺在家里睡大觉。但是我的身体素质好得不行，从来没有肚子痛过，更没有发过烧。

我对姐姐说，我想生病，我不想去上学。姐姐笑出了眼泪，哪里有生病的样子呢？

可姐姐确实走了。

那天槐城下了鹅毛大雪，我在学校门口的树林里捏了个小雪人，两手冻得通红，冷得发疼，呵口气搓暖，又痒得要命。想下次带姐姐一起去看，回家以后找遍了每一个房间都没有找到姐姐。

姨妈说姐姐不会再去看我堆的小雪人了。

长大之后我逐渐理解了一切，她为什么把自己关在房间里流着泪，她为什么在二十二岁的冬天不辞而别。再也没有比她更温柔的人了，温柔地和我说，想要留住什么人呢，小慌？我当时要是回答她说"想要留住你，可不可以不要走"就好了。

爸爸打来电话，说他和妈妈在外面的事业稳定了，想要带我一起过去。

我说算啦，槐城挺好的，朋友都在这里，我不想走。

槐城挺好的，有些人选择逃离回忆，而我选择坚守过去。

爸爸惋惜地说：“我和妈妈尊重你的决定。”

我说：“大学再说出去的事吧。在那之前，你们可不可以回来，和我拍一张合照？”

爸爸妈妈不远千里回来满足了我这个愿望，那张三人合影被我放在了客厅。

读槐城高中时，我毅然宣布要去学美术，爸爸妈妈没有反对，他们在电话里表示支持我的选择。画画是多快乐的一件事啊，能够把凝固的记忆定格在纸上，用自己的方式去勾勒渲染，生命里每个独一无二的瞬间，都可以被加工成艺术品。

像用心生活那样去用心画画。

我问闵绪：“你以后想过怎样的生活？会让画画成为你的一部分吗？”

她装聋作哑的本事一流，根本没有要理会我的意思。

“我会一直画画，但不会让画画变成我的工作。工作这么生硬的字眼，永远不能和滚烫的爱好并肩。这二者，首先从对待态度上来说就截然不同。”我大言不惭地吹嘘着自己的观点，希望闵绪能把精力分给我一点点。

她总算肯抬起头来看我一眼，铅笔凌乱的线条错落分布在素描纸上。闵绪说：“想过不做噩梦的生活。”

“噩梦？”我疑惑道。

她的鼻子里出了长气，不愿再与我解释，重新把注意力移到纸上，当起了哑巴。

闵绪能愿意跟我回家让我很高兴。

借着吃东西聊天的契机，我得知了她噩梦的全部内容。尽管她只一语带过，并不愿意多说，但是那些遗落的只言片语足以让我拼出一个大致的轮廓。

"你有没有想过离开槐城？"她问我。

我摇了摇头，然后点了点头。

"我无时无刻不想离开这里。"她说，"很好笑吧。我有家，有学上，吃得很好。身处和平年代，槐城治安更是没话讲，按理说不应该有什么烦恼。但是——"

"不，你可以有烦恼的。"我打断了她，"考试没有考好，回家的路上摔了一跤，文具店里喜欢的笔售罄，在学校和朋友产生分歧。闵绪，没有人规定人应该为什么而开心，为什么而不开心。你的情绪都有原因，你的眼泪都有意义。"

她难得被我说的话震慑，连嘴巴里含着的饼干都忘记嚼了。

"我说，我能够理解你。你相信吗？"我问。

闵绪回避了这个问题，她并不信任我，可是我身上的温暖又吸引着她靠近。

她手腕上的疤曾在高一体育课投篮的时候暴露无遗，但因那个球投得太过出彩，所有人的目光都聚在了篮筐，那伤疤闪现了一瞬，就被落下的衣袖遮住。

"我爸说，我们这代是垮掉的一代，是好日子过得太多了。"闵绪撇开话题淡淡道，"我是其中出类拔萃的典型。"

"不同时期，有不同的困境面临。上世纪是物资困境，现在是精神困境。就当我是在说大话吧，吃饱穿暖之后，我们的目标好像只剩下了活着，不用拯救什么，也不必为什么操心，可是这也很难。我们要顶住别人的期望，要不断向前，必须迎难而上。"我欲言又止，终是没有戳破那层窗户纸，那会令她难堪，令她本就不堪一击的自尊心再次受挫。

于是我说："我们当前需要战胜的是自己。等走过这一道堑，面对更广袤的世界时，我们面对的劲敌才是无数个如我们一般逆流而上的战士。"终结了这次来之不易的对话。

我未曾问闵绪有没有听懂我说的话，她大概会觉得我是一个只会吹牛的谎话鬼。

林小慌是大笨蛋。从小我就清楚地认识到自己是不聪明的小孩，说话总是词不达意，如果抱着想要帮助她的善意，却把她推得更远了可怎么办呀！当天晚上我躺在床上懊悔得咬枕头。

然而闵绪对我的态度，似乎并没有特别大的转变，她甚至主动提出了集训时想要和我一间寝室。她是画画的好苗子，在我看来，那些画面就像灵魂和理智剧烈碰撞后的产物，火花四溅后，急剧下降的温度把火星冻结成霜粒，能够带来震撼人心的力量。

老师表扬她，用极高的评价赞美她。她看上去没什么表情，长长的刘海遮住半个眼睛，左手的五指紧紧攥着袖子。她在掩饰什么，我心知肚明。

闵绪没日没夜地画画，我喝三杯黑咖啡勉强撑到四点，她坐在画架前不吃不喝，如同在木椅上扎了根。绮丽的花从她的笔尖簇簇绽放，带着一个十七岁女孩黑白的反省，流淌着干净锋利的线条。我其实根本不懂闵绪吧，没有人懂闵绪。她的门对所有人都紧紧锁起，只有在作画时，她才是慷慨的慈善家，大方地把所有的希望和爱都施舍在那张扁平的纸面上。闵绪挥霍着喷薄的感情，直到它们溢出纸面，直到它们联结成一艘小船，带闵绪渡过生命中惊涛骇浪的大海。

我坐在她身边强打精神，追逐着闵绪的踪影，涂抹着她的足迹。

画室里有一盆绿色的萝草，摆在左边的窗台上，没有人精心地打理它，所以它显得萎靡不振。我为它挪了位置，用小剪子粗略地修剪了枯枝，隔三岔五浇点水，效果立竿见影，那盆绿萝立即如获新生。

它成了闵绪临摹的对象，仅靠几笔，她就描出了它生机勃勃的神韵。我很高兴，闵绪的观察对象一改往日的死气压抑，即便她照旧沉默寡言，至少此刻她愿意承认生命顽强的美丽。

我和爸爸通电话的频率不高，平均一周两次。他很忙，打来电话也多是问我最近过得怎么样，有没有想买的东西，缺不缺钱。他和妈妈一直试图用这种方式补偿我，我明白的，使他们重整旗鼓面对生活的支柱是我，而让他们从失去挚爱的痛苦中暂时抽离的是工作。我对爸爸提到自己正在做一件很重要的事，他笑着问我是什么。

"在成功之前，我不告诉你。"我卖了个关子。

"无论何事，不要本末倒置，不要顾此失彼。"爸爸说，"我和妈妈爱你。"

挂掉电话的晚上，我居然失眠了。

闵绪在洗澡，卫生间的光从门缝下渗出来。我躺在床上翻来覆去，听着浴室里哗哗的水声，一脑袋纠成麻线的念头骨碌碌地滚个不停。爸爸是不是感觉到什么了呢？因此才会隐晦地劝告我不要在投入的事里过分沉沦，以免迷失自己。我不像闵绪那么能憋事，奇奇怪怪的想法挤得我头痛，我打定主意必须要和闵绪坦诚地谈一谈。

赤脚下床去敲浴室的门喊她一起吃夜宵，话一出口，我就后悔了，这个借口实在太不高明，闵绪一定会拒绝的。

果不其然，她拒绝了。

我失落了两秒，鼓起勇气，又邀请了她一次。

意料之外的，这回她答应了。

那天晚上的闵绪，足以让我用十年甚至二十年的时间去回味咀嚼。在话题开启之前，我本以为迷途的人是她，作为那座指路的灯塔，我必须将她冲进死局的势头截断，再把她引到有岛的航道，说话间莫名有股自己正在力挽狂澜的悲壮。

可她一开口，我便哑口无言了，她是在清醒地坠落。

我很少哭，小学以后再也没有掉过眼泪。但是我在闵绪面前忍不住地流泪，光影交叠，她的容貌在我眼底的水光里变得不再是她，闵绪成了我希望看见的另一个人的模样。她少见地红了眼眶，不动声色地忍耐了许久，最终还是有两串晶莹剔透的滚珠掉进了她面前的杯子。

我语无伦次地说："我想要帮你呀。"

她说："我知道，小慌。"

我呜咽着说话，老实说，我无法再复述那天夜里自己对闵绪说了什么，琐碎且繁多的话，前言不搭后语。

闵绪哭得很压抑，她咬着嘴唇，始终没有漏出一声哭腔。多倔强啊，她向来如此，正是这样，我才更加担心，过盈则亏，过刚易折。我不要她在独自面对天塌地陷之后灰心地选择早早凋零。

与她碰杯，尝不出滋味，唇间衔着的都是泪。

第二天，我们谁都没有再提前一夜，默契得好像那晚的一切没有发生过。

闵绪画画还是一如既往地燃烧生命那般毫无节制，可是有东西变得不一样了。她对我笑，羞涩地弯起唇角，如同坚冰解冻，积雪消融，太阳升起在苦寒不知多少个年头的冬。

半年后，在我们辗转了不知道多少个城市的画室里，我留下值日。

说是值日，不过就是倒一下垃圾。

那只深蓝色的塑料桶里装着一把擦得很干净的美工刀。我弯下腰拾起，把刀片推出来，刀刃已经被磨得有些钝锈了。

是闵绪的刀。

十八岁的夏天转瞬即逝，那些以为一辈子都会铭记的人，只需要一场连续两天的考试，就被毫不留情地划进了"过去式"。

还没来得及多听两次拉开易拉罐拉环的清脆响声，最重要的日子就过去了。我恍惚地想，自己大概是在梦游吧，说不定一睁开眼，我又回到了小时候的教室里。

一个喜欢穿格子裙的凶巴巴的中年女人，用语文书狠狠拍我的头，命令道："林小慌，重复我刚才说的话！"

我心心念念着外面纷飞的大雪，心不在焉地重复了一遍："刚才的话！"引起满堂友善的哄笑。

从考场出来，人山人海的家长中，我一眼认出了爸爸，他还是很挺拔，只是好像比记忆里的他要矮一点、瘦一点。看见我出来，他的眼角挤出了笑纹，朝我招了招手。于是我再次走神：自己真的没有在做梦吗？他本不会再回到槐城，槐城的河和槐城的风，都牵动着他最痛的筋，旧伤难愈的骨。

"妈妈在车里等你。"他接过了我挂在肩头的书包。

我回过头，六月酷暑，骄阳似火。

闵绪在离我不远的地方，认真地说着什么，然后挑起嘴角，腼腆地笑着牵过她母亲的手。像是两尾归家的鱼，轻快地潜进了人海。

晚餐是妈妈准备的，原本妈妈提议去外面吃，但我不依。在我的坚持下，餐桌上久违地坐齐了三个人。她歉疚地说："生意太忙，这么多年，都没有好好照顾过你。现在毕业了，有机会了，就好好出去玩玩吧，看看槐城以北的海，槐城以东的山。"

世界那么大，从今以后，足迹所及之处的盛景，都属于我。

席间，闵绪悄悄地给我发了消息，她说，考完出来，我看见你啦。你爸爸来接你，我就没有凑上去。你想考到什么地方去，小慌？我想去大都市，名不见经传的槐城容不下本世纪最伟大的小画家。

我激动得掉下眼泪。

爸爸笑着提到一年前的那通电话，他问我，那件事，现在做成了吗？如愿以偿了吗？

闵绪的消息还在源源不断地来，她说："我以前真的很羡慕你，羡慕你和善讲理的爸爸妈妈，你一帆风顺的人生，还有温暖明亮的家。但是现在不了，每个人都要朝着憧憬的生活，成为让自己艳羡的人。"

我没有多说，没有解释我的家里曾经还存在过一个叫林琬舒的人，更没有对她说明，大部分时间，我温暖明亮的家里只有我一个人。

就让她以为这世上的确有完美无瑕的人生吧，她还年轻，还需要从别人的幸福中汲取勇气去度过风雨，哪怕那样片面的幸福是她一厢情愿的臆想。我不愿告诉她真相，因为我也在从她积极向上的笑容中找寻我一直努力的意义，弥补我在许多年前的冬天里无法补救的遗憾。

"做成了。"我回答，"我打赢了最艰难的一场胜仗，我和我的战友逃出生天。"

爸爸妈妈以为我在说高考，笑弯了眼。我便跟着一齐抹着眼泪，又哭又笑起来。

闵绪，你会看见下一个春天的太阳、下下个春天、从今往后的无数个春天的太阳。那时我们是否还会保持联系，是否还会如少年时相视大笑？

而她若是还在，理应给我们一人一个拥抱：

奖励你终于能够一睹人生的绚烂。

奖励我柔软，却从未退缩的勇敢。

咫尺

ZHI CHI

现代篇 XIAN DAI PIAN

咖啡

章榛

横泽是我的未婚妻。

在尚未将挂在"妻"前缀的"未婚"二字抹去之前，她仍保有着超高的自由度，快活得不像个即将成家的女人。横泽现在甚至还会被一些年轻的男孩搭讪，卓晏川几次三番提醒我，让我将她看得再紧点。

没有谁比我更了解横泽，大部分人会把这样的女人当作观赏鸟，但是她绝不是甘愿囿于笼中安然度日的精致陈饰，或是用于向外人炫耀的战利品。

高中时的横泽有一头及臀的漂亮长发，当她跳跃或奔跑时，所有男孩的目光都会吸附在那块乌黑亮丽的绸缎上。而她扭过头对我笑，顷刻之间，我的邦邑尽数失守。横泽并不记得她曾对我笑过，她枕着我的胳膊，躺在我的臂弯里咯咯地笑，评价我在高中时代给她留下的印象是"呆头呆脑"。

上了大学，横泽毅然决然剪掉了她引以为傲的长发，问及理由，她说，不希望有人提起她，只会想到那是个长头发的姑娘。除了头发，她明明还有更多值得被人记住的地方。

　　我与横泽高中毕业后失联了许多年，她的高考成绩非常不理想，去了一所南方的职业院校，而我则奔赴了远在大洋彼岸的另一个国度。我们的故事本该结束在十八岁。

　　佛讲缘，人生的悲欢离合都与缘息息相关，万事万物万象变化都离不开缘。横泽同我一样，都是尘海之中浮沉的蜉蝣，真正使我为玄妙的因缘赞叹不已的是我们的重逢，那一刻，即使身为坚定的唯物主义者，也不免异想天开——冥冥之中，人与人的羁绊是否早就注定。百年前，仓央嘉措毫不吝啬地用大篇笔墨讴歌了滚滚红尘，字句虔诚地书写着经幡下纠缠了前世今生的蒙眬含蓄的爱恋。

　　我们也许曾在悉尼的街头擦肩，不约而同地游览爱琴海，温习红嘴鸥群共舞的壮美景致。我们回到国内熟悉的城市，在跨年夜那天看了同一场电影，仅仅相隔两排，却并不知道对方的存在。最后的最后，横泽搬到了我的居所附近，凌晨一点半，在楼下的超市购物时，为了争抢最后一罐速溶咖啡，我们认出了对方。

　　老实说，我没有喝速溶咖啡的爱好，但是那天夜里，脑海里有个声音一直在咕哝不已地催促我去买咖啡，我已许久没有这般疯狂地执着于某样东西。于是我披着外套下楼了。至于横泽，她坏心眼地笑了起来，她说："我就是看你急匆匆地往货架冲，很有意思，故意为难你。不过很奇怪，放在往常，我没有关注其他人的兴趣，更不喜欢争抢，我习惯放弃有第二个人觊觎的一切事物。"

　　"为什么？"我反问，"足够珍视的东西，头破血流也要得到，难道不是吗？"

　　"太累。"横泽刮了刮我的鼻子，她说，"在这方面你倒是很有血性，不像你平日看上去那么温文尔雅，章先生。这也是我们的区别之一，我喜欢守株待兔，等属于我的东西自己撞上来。再早两年，大概我也会有你这样的念头。不过，得到和占有，从词意方面来看，是同义词，我不喜欢太主动地争取什么，侵略性太强的活动不适合我。比如少年时渴望得到的礼物，再譬如我无疾而终的初恋。"

"机会是自己创造的。"我说。

"你说得一点不错，但我发自肺腑的厌倦。"横泽说，"所以我拥有的很少，又很多。我从不羡慕别的女人，得失是一个守恒的定律，令人眼红的光鲜亮丽的人生，在别人看不见的地方一定失去得更多。章榛，你本人最有发言权了，难道不是吗？"她有样学样，用我的反问句式，有力地回击了我。

我一时哑口无言，她搂着我的脑袋，笑着吻了吻我的眉角。唇是软的，横泽吐气如兰，贴着我才修过的眉，我都怕短硬的眉楂刺痛她的嘴巴。我们在默然中拥得更紧，横泽轻缓地扬起了脸，衔着一抹凝在她唇珠上娇艳欲滴的暖色灯光。她道："我知道有人在觊觎你。"

"当然，聪明女人。你还知道，不用你争取，我就会自己撞上来。"我贴近了她的耳畔。

横泽笑起来，抿着嘴唇将双眸弓成两道弧，笑得很好看，和青葱的少年时代记忆迥异又重叠。我唇干舌燥，抽身去摸我的烟盒。

"章榛，戒烟。"她制止道，微微蹙起两条细眉，像是又想起了香烟的味道，"接吻是苦的。"

"你不喜欢？"我问。

"很喜欢。"横泽干脆利索地说，"但是对你的身体不好。"

"那不是正好？"我故意道，"在你的人生规划里，每一天都要尽兴。为了多活几天，就放弃取悦自己的机会，岂不是和你奉行的准则背道而驰了？"

我变本加厉地胡言乱语起来："死得早死得晚都不是我们说了算的，抓紧时间吧，每一天都当最后一天，我说的每一句话都当是临终遗言。横泽，你想要什么，我都给你，我吗？爱吗？还是漂浮在银河系之外的荒芜星球？开口吧，命令也好，向我许愿吧，我全部满足。"

"疯子。"她骂。

我放声大笑。

棋手
季放

章榛是我的西洋棋老师。

他的手指干净修长，手背微鼓着青色的脉络，执着棋子落下的时候，尤其漂亮。带着一股杀伐果断的狠劲儿，我总是在他凌厉的攻势下节节败退。他喜欢用黑子，在西洋棋的规则里，白先黑后，正如他这个人，像极了螳螂捕蝉，黄雀在后里的那个黄雀。

优秀的猎手，从我的起手便看出我的破绽，但并不急于收网。在我眼中回天乏术的孤兵，是他化腐朽为神奇的支点。我很少能赢，对局中被章榛将死的王数不胜数，面对我的失败，他心平气和地对我说："落子无悔。"

章榛其人，神秘得很。

十四岁那年，我被醉酒的父亲打掉了两颗牙。无巧不成书，姨母突然不远千里赶来，见证了我缺了两颗牙，含着满嘴血在地上打滚的混乱场面。于是，她铁了心要把我接走，闹得要和父亲对簿公堂。显然这个无所不能的女强人赢了。最终，她得到了我的抚养权。

看着我额角的淤青，她问我那是怎么来的。我扭头去望车窗外飞速倒退的风景，心猿意马地回答她："不小心磕的。"

"是季殊贺用烟灰缸砸的吧。"她用洞悉了一切的沉静语气，一点儿不留情地揭开了我的遮羞布。据她所说，我有一张和我素未谋面的母亲一模一样的脸。因此，她为父亲会毫不手软地下死力气打我这件事感到不可思议。

我看过我妈的照片，感觉似乎没有她说得那么夸张，只是有点像，远不至于一模一样。那个生下我的女人有一双忧郁的眼，眼里结着厚厚的冰，她还有着苍白的脸，和看上去就不会笑的嘴巴。在不顾亲朋反对，毅然决然地嫁给我爸季殊贺后的第三年，她死了，因为得病。我是从她刚失去生命体征不久的身体里，被医生抢剖出来的。所有人都以为我很快就会夭折，但侥幸，我活下来了。

我叫季敖，以前上学的时候，一起玩的朋友都喊我脚哥，因为季敖念快了很像"脚"。我不知道这个名字是怎么来的，大概率是季殊贺酗酒后瞎取的，从这个名字也看得出，他不喜欢我，人活着奔波劳碌，最受累的就是脚，这个男人不仅把自己的生活过得一塌糊涂，转而用名字的形式也为我烙上了平庸无为的印记。

我的姨母是一个寡妇，有钱还命硬的寡妇，有人说她的丈夫是被她克死的。她身边的近亲没剩几个，其中之一就是我。

提及我十四岁的奇遇。她之所以突然造访，是因为前天夜里梦到了我妈。她说我妈远远看着她，默默流着泪，她是个看不得女人哭的爽利人，见状便大声质问她，为什么哭啊？我妈说："姐，你快回去看看呀，救救我儿子小脚吧。"

我发誓自己的转述没错，姨母告诉我，我妈对我的称呼就是"小脚"，这个滑稽的爱称一下让本该听上去万分悲情的故事，都显得诙谐了许多。

仰仗我妈在天之灵的保佑，我顺利逃离了那个"地狱"。十六岁的时候，姨母问我有没有什么感兴趣的东西，我的目光落在搁置在陈列架上的一枚骑士棋的摆件上，那个弧度优美的马头让我觉得很是心动，我随口说："西洋棋。"

然后，章榛就来了。

他并不是专业的棋手，姨母花了很大的功夫才请来他。这个三十岁左右的男人优雅谦逊，头发稍微有一点儿长，一丝不苟地梳理整齐，戴一副很斯文的银色的细边眼镜，他的笑意很浅，虽然笑着，却有着不可跨越的距离感。

我叫他章老师。而他是少有的、没有打趣我名字的人，章榛字正腔圆地喊我季敫。他给予我一视同仁的尊重，我还给了他一枝花。

适逢平安夜，他看上去有些惊讶。我摸了摸脖子，错开视线解释道："街头有人送。"

他了然地点了点头，折了枝，把花别进了西服左胸前的口袋，若无其事地开始了当日的授课。章榛本人并不清楚，这个看似随意的举动让一个青春期的少年慢慢觉醒了其他微妙的认知，那一刻起，我对我的家庭教师产生了崇拜之外的感情。

也许是憧憬，可能是钦慕，我幻想再过十年，自己会成为章榛这样，有着迷人魅力的成熟男人。他在我心中逐渐化作一个完美的符号，是季殊贺穷极一生也无法抵达的高度。章榛是那些专断自大的男人的反义词，浑噩度日的生活的对照，是我理想化世界的主角模板。像他那样活，一度是我追逐的方向。

教我下棋是章榛的副业，没有人知道他的主职是什么，我曾直言不讳地问过他，可他没有给我答案。

毋庸置疑，章榛是个出色的老师。更何况，他不止教我下棋。

"季敖，有没有想过以后做什么？"他问我。

"杀猪。"我头也不抬。

"屠夫啊。"他没有看不起我的梦想，这才是我真正愿意同他敞开心扉的原因。他和其他所有的大人都不一样，在旁人都在对孩子说"你应该怎样做"的时候，章榛对我说"你想怎样做？"

"为什么想去做这个？"他问。

"我要亲手选苗，亲手喂大，再由我亲手屠杀。"我答。

"我以前认识个人，跟你很像。"章榛又说。

"也是你的学生？"我充满敌意地问，问罢觉得语气不妥，不想欲盖弥彰地补充，猛地闭了嘴，同自己生起气来。

"不是，"章榛丝毫没有察觉到我的尖酸，这让我稍微放松了点，"是我留学时的同学，一个美国人，他攻读的专业前景非常好，华盛顿和纽约的金融中心，都有大把的公司希望签他。但是他对我说，他以后想盖一间木板房，去一个偏僻的、飓风随时会掀翻屋顶的地方生活，做个农夫。"

"为什么？"我完全被他的故事吸引了。

"风掀屋顶，他修屋顶，风再掀，他再修。周而复始，不断地重复着这个过程。"章榛淡淡道。

"有什么意义？"我嘀咕。

"假如你在繁重的钢筋混凝土构筑的牢笼里，已经忘记了该如何仰望星空，那么请让风来帮你。"他说。

"……哪里和我像了？"我追问。

"你们都在用特殊的方式使自己铭记。铭记什么呢？季敖，这是你的隐私，我无权过问。只是区别在于，他做农夫是为了提醒自己，你做屠夫是为了刺激自己。"章榛注视着棋盘，捏起了战车。

"王车易位。"他走了一步。

我呆呆地望着面前错落的黑白残局，先前被他吃掉的白棋，凄凉地躺在棋盘边。章榛看穿了棋局，我亦如这场不堪一击的棋局，是他眼里的残兵败将。

"章老师，"我斗志涣散，情绪化地把依然挺立在格子线上的剩余棋子依次推倒了，"今天就到这里吧。"

他看出我的颓态，点了点头："好好休息。"

"你就不问我的戾气从何而来吗？"看他这副体贴得过了火的反应，我恼怒道。

"你自己也未必清楚。"他云淡风轻地说，捎带着耐心地为我整理好了散乱的棋盘，"十七八岁的年纪，喜怒还能由着自己性子来，这个年纪无法无天，没什么好稀奇的，我更没理由不尊重你情理之中的任性。"

距离下课还有一个多小时，他好整以暇地坐在我对面，从容不迫地抬腕看了看表说道："那就随便聊聊吧，季敖。"

他平日惯会装聋作哑，和我保持着亲密又疏离的恰当距离。这个师生分寸，他把握得极好，任凭我再如何努力，也不能再推进半步，意识到这一点的我一度因此气急败坏。我曾一笔一画地写过章榛的名字，一共二十五画，很规整。

我依赖他，尽管我们一周的交流只有周末两天，那宝贵的四个小时。他在下棋、解释战术，分析当前形势的间隙，会和我有一搭没一搭地聊点其他无关紧要的东西。我一直渴望能够把闲聊延续得更久些，可他总是点到即止，从没让我尽兴过。

当他读懂我，我反而不知道怎么开口讲话了。

"说你想说的。"他循循善诱道。

宛如滚沸的熔岩骤然冷却成了坚硬的石头，我的喉咙长了潮湿的青苔。

"你谈过恋爱吗。"我磕巴道。

章榛挑了挑眉。

"……一个男人有没有可能，在妻子去世后，性情大变？"问罢，我恨不能把自己的舌头咬下来。我的本意绝不是问他这个无聊的问题，季殊贺的性格是如何一步步扭曲成今天这个地步的，我根本不关心，但嘴巴好像有它自己的想法。

"当然有。感情会改变一个人，顺从的人会变得执拗，温柔的人会变得残忍，也会让狡猾的人变得幼稚天真。我也并非生下来就是你现在所见的模样。"章榛说，"你如何定义我？"

"我的理想。"我说。

他没有感到意外，颔首继续道："倘若你能窥探我的十七岁，就会发现，那时的我还不如你。"

我张了张嘴，没有发出声音。

"只有用心经营过的关系，才会因为另一个人的辞别性情大变。"章榛说。

"相爱是他们的事，我是那段过期爱情的过期赠品。"我从未向谁吐露过这样的心声，包括姨母。我是变质的礼物，在爱人死后数十年，日日夜夜折磨着季殊贺。可孩子从来没有选择自己出生的权利。

我向章榛言简意赅地叙述了我难以启齿的故事，季殊贺像是长在我身体里按时发作的蛊，我和他流着相同的血，每当他面目狰狞地对我扬起巴掌，或将我踹翻在茶几旁，在我的眼里，他的脸就会幻化成我自己。而我也确实如他一般日渐易怒，阴郁寡言起来。暴力孕育不出温柔，痛苦之中，诞下的孩子仍是痛苦，埋进土里的烂种子长不出飞燕草。我和季殊贺长得不像，但眉眼间的神韵竟然愈来愈相似。为此我感到一阵难以言明的恐惧：我会成为一个翻版的季殊贺，做些错误的事情短暂地解放压抑已久的神经，用这样极端的方式，救赎自己。

他是合格的倾听者，章榛所表现出的耐心和郑重的态度使我的倾诉欲开闸泄洪。在听到我说，姨母的梦里，母亲亲昵地称呼我为"小脚"时，他皱了皱眉。眉峰只聚在一起了半秒，便立即松开了。

"怎么了？"我立即敏感地觉察。

"……没什么。我在想，也许她称呼你的，是同音字。"他说，"我的直觉罢了。"

"随便怎么样吧，无所谓。"我接过话头，在他茶色的眼眸注视下，闭上了嘴巴。

时至今日，我依旧说不准那段青涩年少的时光，自己对章榛不明的情义应当如何归类，每逢给许竺衣送花时，我都会想起，我人生的第一枝花，居然送给了一个男人。

章榛代表着我心目中理想的父亲形象，可能也曾短暂地象征着希望，我渴望他施舍给我，我没有在季殊贺那里得到的一切。但终究我什么也没有做，而他作为一个阅历丰富的成年人，在发觉了我对他异常的仰慕之后，选择了默不作声地引导，没有令我的偏执扩张成疯狂，悄无声息地将我带回正途。

假使有朝一日我原谅了季殊贺，那么他一定长了一张章榛那样和颜悦色的清俊脸庞。

我从姨母那里要来了部分母亲的遗物，多是书本和钢笔发夹之类的小物件。

在她的有着红色胶套壳的备忘录里，我发现了一张黑白照片，上面是我父母年轻时的合照。我惊诧于季殊贺原来也会露出这样腼腆干净的笑容，翻到相片背面，上面用细铅笔标注了时间，那是他们还在谈恋爱的时候。时间下，是一个汉字：角。

是角，不是脚。

有什么区别？角有什么寓意？

我抱着那本备忘录，坐在卧室的地上发着呆，彻夜难眠。

章榛最后一次和我见面时，送给了我一张明信片。

正面是日本北海道冬季的风景，碧蓝的晴朗天空，远处云朵和高耸的大山相映成趣。另一面，他用清新飘逸的行书写了四个大字：乌白马角。

"什么意思？"我问。

"形容不可能成真的事，"章榛说，"当初，她叫的应该是小角吧。如果他们的相爱是一场乌白马角的奇迹，那么，'季敖'就是以奇迹命名。"

他把那张卡片缓缓推到我面前，对我说："我订婚了，已经递交了辞呈，这是最后一堂课。过往两年，你我对弈次数多如牛毛，最后一次，让我看看你的长进。"

那是我屈指可数的、赢了章榛的一局。他没有吝啬对我的夸奖，直呼好棋。

他骨节分明的左手中指，套着一枚男款的戒指。这样精致的点缀，让章榛的手比我十六岁初见他时更漂亮。

☾ 船票
　许竺衣

季敖是我的男朋友。

好吧，是前男友。

二十岁末的那个冬天，我一个人去看电影，他坐在我邻座。

那是场烂片，上映前，各大影评平台就已经骂臭了这部片子。据说是个三流导演，三流编剧，十八线不知名小演员，一流的狗血爱情剧本。男女主莫名其妙地相爱，其中一方没有任何预兆的离世，结尾是剩下的那个人用一生去等待再也不会回来的爱人。售票处门可罗雀，我买了一张票，位置在视觉效果最好的第七排靠中间。进了放映厅，我才真实领略到了这部电影到底有多不叫座。

稀稀拉拉的四五个人分别散在角落里，似乎没人是来看电影的。其中有两个是附近中学的学生，看样子是逃了晚自习，身上还穿着蓝白的校服，占据着最后一排的小旮旯，窃窃私语。我找到自己的座位，确认了好几遍，才不情不愿地承认了，这个男孩身边的空位，是我的。

我当然也不是来认真看电影的，坐在漆黑空旷的电影院里痛痛快快地哭一场，借此释放一下压力，才是我本来的目的。原以为可以一个人享受一整排的宽敞，季敖的出现彻底打乱了我的计划……好吧，也不算打乱，反正我是一定要哭的。

趁着电影放映之前的广告时间，我努力酝酿着情绪，去回忆最近的种种委屈，亟待解决的感情难题，还有如山一般压得我喘不上气的期末论文。真讨厌，明明这些事随便一样拎出来，都够我伤心得蒙头哭一阵了，现在竟然怎么也挤不出眼泪。流泪也讲究天时地利人和吗？就算是，以前我都是这样催泪的，天时地利肯定没问题，为什么这次就不行了呢？我把这一切都归咎于身边坐着的这个男孩，都怪他，才让我"人不和"。

我甚至把思绪扯回了十四岁，卓晏川暴打我爸那天，阿姨尖叫着上去拉架，我吓得直哭。卓晏川擦了把鼻血，指着我爸的脸说："滚出去工作，老东西，别人啃老你啃小。再吸许竺衣的血，我就揍死你。"

每每想起那一幕，我都会鼻子泛酸，不是因为难过，而是因为从小到大没谁那样保护我。

胡思乱想的工夫，电影已经开场了。我好容易憋出了点泪意，让银幕上突然出现的镜头吸引了注意力，只一秒就迅疾地退了下去。

尽管是没什么名气的小演员，但女主演的容貌清丽，气质温婉，有自己的特点，能够让人一眼记住。角色看上去有点内向，做起事来笨手笨脚，遇上大事又机灵精明，能吃苦也会撒泼。

我喜欢这样的反差，像身边每一个触手可及的平凡女孩。没有刻意卖蠢去凸显人物性格，她生活在银幕的另一端，故事线自然流畅，仿佛这不是剧本，不是虚拟的演绎。使观众不知不觉地代入自己的感情，随着她的节奏眨眼呼吸。

于是，果不其然，男主角死后，从女主角拿到医生开出的死亡证明那一刻起，她泪如雨下，我跟着啜泣，哭得死去活来。

开了闸的泪水好像吓到了旁边的男孩，他多次扭头看我，我很想恶狠狠地瞪回去，但我哭得没力气理他。幸好今天没有化妆，那么贵的底妆，要是哭花了多可惜啊。此时此刻，我唯一能想到的就是这个了。

过了一分钟，一张叠得整整齐齐的手帕纸从那边递了过来，我毫不客气地接过，使劲擤了擤鼻涕，把纸揉成团捏在拳头里继续肆无忌惮地淌眼泪。像是被我不顾形象的举动惊到，他犹豫了一下，把一整包纸都给了我。

散场后，我仍哭得停不下来，电影内容和自己最近的委屈交织在一起，宛若引发了一连串剧烈的化学反应，情绪开始势不可挡地爆发。我哭着离开电影院，哭着走过傍晚的大街，当我哭着趴在天桥栏杆上准备冷静一下的时候，忽然有人从背后一把抱住了我。

猝不及防一受惊，吓得我吸了冷气打起嗝来。我又气又恼，回过身去一边打着嗝，一边带着浓重的鼻音问他："你神……神经病啊？干吗不让我……我上去呀？"

"我怕你想不开。"他尴尬地说。

"所以，你就跟了我一路啊？"我问。

他点了点头。

好家伙，一路这么丢人现眼，全让他看见了。我见状更生气，把自己生生给气哭了。这回索性原地蹲下，呜呜哭出了声，留他一个人在我身边手足无措。

晚上回家，我在自己的社交软件账号上发了一句话："我要用漫长的时间去接受自己这辈子从此只能成为一个普通人。"

季敖点赞了。

这是电影结尾时女主角写进漂流瓶里的内容，而这句话的前半部分是："在我被镀上被爱的神性之前，我的爱人比我先陨落了。"

那天他送我回去，道别前，我们互相留了手机号，加了好友。他看上去不太爱说话，只给我甩下了两个冷冰冰的字："再见。"

我说："一定要再见哦。"

他已经走出去一截路，背对着我摆了摆手。

季敖的主页很干净，没什么动态，最近发布的一条内容，是张风景照，没什么好看的。我不依不饶，一口气翻到了三年前，见底了。

"你还会下国际象棋呢。"我没话找话道。

他回了我三个句号，和一个生疏的"嗯"。

第二年夏天，我和季敖开始了频繁的约会，主战场是电影院，有时候新片上映的速度跟不上我们见面的频率，我们就转战图书馆。

我找一本言情小说津津有味地读，他坐在我对面，无所事事地翻着一本卖不出去的老漫画。

那部上映前被骂得狗血淋头的片子，风评早就势如破竹，一路向上，获得了多个含金量很高的电影奖项提名。

女主角祁柯的真名叫宋斐斐，此前一直怀才不遇。饰演本片得到了曝光率，一夜爆红。默默无闻的编剧也被人挖了出来，名字很帅气，叫横泽，却是个女人。

我托着腮对季敖说："我小时候也想当大明星呢。"

"嗯，许竺衣。"季敖答，"我看过你的专访。"

"哈哈哈哈，我几岁的啊？"我笑得前俯后仰。

"九岁。"他如实交代。

"我就知道，"我悻悻地说，"怎么看那个年龄段的啊，牙还缺两颗呢，说话都漏风。看十四岁的呀，十四岁长开了点，好看。"

"有什么区别，都没现在漂亮。"他无动于衷道。

"你看起来不像会关注娱……"我害羞得欲言又止。

"确实不太关注。前两天随手搜了一下。"他招打地说，"为什么不继续发展了？"

我一时语塞，在他的目光追问下，只好诚恳地说："我哥不让。"

"也挺好的。"季敖淡淡地应道，"不然你现在就不坐在这里了。"

"你呢？"我问。

"我什么？"季敖愣了一下。

看着那张面无表情的脸出现错愕的神情，我有种奇妙的快感。

"你是因为什么契机坐在这里呢？"我补充。

季敖的嘴唇抿成一条线，他没有回答，直到我惶恐自己是否说错了话惹他不高兴，他才打破了沉默："想见你。"

好狡猾，明明我问的是更深的前因，他却选择了今天出门的理由来应付我。

“好啊，给我送花，我就天天见你。”我大方地说。

“什么花？”这木头问。

“玫瑰花啊！”我佯装恼火，“那不然呢？送女朋友能送什么花？总不能是康乃馨吧！”

季敖恍惚出神，转而意会了我的意思，弯起嘴角笑了起来，非常生动的表情。

我突然就明白了祁柯形容心动时的比喻：像撬开了锈死的铁盖，对未来的无限渴望和爱一起争先恐后地挤进来。

确定关系的第一个七夕，他送给我一张明信片。

季敖说，这是他最珍视的礼物，上面有四个字：乌白马角。曾经有个非常温柔的人，用这个词去形容他爸妈的爱情。无论真假，至少那一刻，他深信不疑。

说起来，我谈过很多段恋爱，其中最具代表性的有两件：曾经冒失地答应高年级学长的表白，亲密接触仅止于牵了两次手；暗恋着校足球队的队长，后来终于如愿以偿，但很快在毕业的那个夏天无疾而终。他急匆匆地和我分手，甚至连个正当理由都没有。所以这方面，我还是一窍不通。

我忐忑地表示，会努力学着去做一个合格的女朋友。

可季敖不在乎，他说我是他的初恋，无论我做什么，都是女朋友这个身份的开天辟地第一人。本来就满分达标的优等生，为什么要去效仿其他勉强及格的范例？

我们重温了所有具有划时代意义的电影，包括那部年代久远的《花样年华》。租一间私人影院，相互依偎着囫囵下咽影视作品里别人的悲欢离合。

“如果我多一张船票，你会不会跟我走？”我读着台词。

"不会。"季敖干脆利索地说，"我们可以光明正大地度蜜月，不要玩婚外情，也用不着私奔。"

因为他的答复，我认真地考虑了结婚的事，甚至神经兮兮地去看了婚纱。可我又觉得自己还小呢，二十出头的大好年纪，那么早迈入婚姻的坟墓干吗呀？就这样无拘无束地谈恋爱，不好吗？

他喜欢亲吻我的鼻尖，蜻蜓点水似的触碰。

"什么感觉？"我问他。

"凉的。"他说。

"你怎么不问我什么感觉？"我为难起他来。

"什么感觉？"季敖配合地问道。

我吻了回去。

我和季敖平静地相爱。

平静地度过了我最珍贵的两年。

和所有的情侣一样，因为鸡毛蒜皮的小事闹不愉快，我们吵架，又和好。

出去旅行，在完全陌生的城市租套一室一厅的民宿。夜晚沿着河岸散步，饥肠辘辘地回去睡觉。凌晨三点，我被饿醒，把季敖摇起来闹着脾气说我要吃火锅。

季敖一言不发，睡眼惺忪地披着外套出去给我找，结果人生地不熟，晕头转向迷了路，天大亮了才回来。

"没找到开着的店，你凑合吃这个吧。"他满头大汗，丢了两大盒自热火锅给我。

我抱着盒子突然哭着扑进他怀里，只是季敖不再像我们初次见面那样手足无措，他抱着我摸了摸我的头发，哄道："吃完就睡觉吧，下午起来带你去吃，好不好？"

两年时间里，我学会了织围巾，笨拙地做蜂蜜柚子茶装给他，我还给季敖叠了一万颗星星，装满了好几只玻璃罐。

这种幼稚的示爱方式，累且没什么意义，自打我初中毕业后，就再也没见身边人叠过。但倘若季敖希望做一场梦，我就愿意为他万难不辞，赴汤蹈火。

"只要叠够一万颗星星，许的愿望就会成真，你信不信？"我问他。

"我信。"季敖说。

"所以我也信。"我好奇道，"你想好许什么愿望了吗？"

"要你永远开心。"他不假思索。

"我们永远在一起，我就永远开心。"我说。

我和季敖平静地分手。

平静地结束了我最珍贵的两年。

和大多数的情侣不同，我们分手的原因没有第三者，没有三观上的分歧。在分手的前一天，我们仍然一如既往地相爱。

"互相喜欢的人为什么要分开？"我问成功人士卓晏川。

他叼着烟坐在家门前的台阶上，弹了弹烟灰，望着天吐出一口气，故作高深地说："人这辈子，航程太长，减负轻装。"

我不说话，再度开口，却不可自抑地哽咽起来："你说我是累赘吗？"

他没想到我都这么大了，眼泪还是说来就来，忙不迭拿下嘴边的烟，慌张劝道："哥不是这个意思……"

"那你是什么意思？"我胡搅蛮缠道。

他吼道："互相喜欢的人为什么分开，在这凶我有什么用，你去问那个臭小子啊！"

我问过季敖，如果我多一张船票，他会不会跟我走。

他一点儿也不拖沓，果决地说："不会。"

当名正言顺的恋情结束，他甚至没有给我一丝幻想私奔的机会。

分手电话打了两个多小时，季敖的健谈前所未有。

他道，再不说，就来不及了。如果以后我的身边有了别的男人，他又凭什么靠近呢？

我宁可他把那晚的话分期支付，干脆余生当个哑巴。也不希望他一口气说完想要对我说的所有话，然后毅然决然从我的生活里不留痕迹地抽身。

他真的离开了，有着恰当的，不得不和我告别的理由。临走前，他带走了我织的围巾，带走了我写给他的日记，带走了我送给他的所有东西，除了那几瓶用软木塞堵起来的星星。当装满星星的快递盒被送到家里时，我抱着盒子站在玄关发起了呆，卓晏川凑近问道："你网购的啊？"

我才如梦初醒，号啕大哭。

像是想要逃离记忆一般，我渴望逃离久居的城市。卓晏川竟破天荒地附和起我，怂恿搬家的事。爸爸便支吾着说，在另一座北方城市里，的确有他早年购置的房产，这么些年，一直没住过，搬过去也好。

那些罐子最终被我埋进了新家的院子里。阿姨在院子里养了很多花，它们不会知道，自己蜷曲的根须下，藏了一万颗星星。

可愿望换不来船票，热爱也赢不了远方。

🌙 章鱼
卓晏川

许竺衣是我的妹妹。

没有血缘关系的妹妹，我十六岁，许晟海跟我妈结婚了，那年许竺衣八岁。

她是个不温不火的童星，给电影跑龙套的时候因为长得漂亮，瞧着有灵气，被片场的导演挑中了。接了几部反响很一般的戏，都是配角，之后上了几期儿童杂志的访谈，又做了几次儿童节目的嘉宾，许晟海嫌出场费太低，想让她朝着青少年明星的方向发展。

许晟海是个不折不扣的坏蛋。没什么正经工作，老来得女，靠着闺女吃，靠着闺女喝，甚至靠着闺女养老婆。这老东西偏偏对我妈好得没话说，许竺衣又年纪太小，不辨好坏，让我有火发不出。

我看着她十二岁就抹起了妖冶的口红，尚未发育起来的身体套着成熟的裙装，不上学也没有朋友，救火似的赶着许晟海给她安排的行程，一天到晚马不停蹄。少有的假期，她都是瘫倒在床上睡觉，小姑娘的眼泪很多，睡不饱就会哭，哭完抹掉泪花儿，还要继续听她爸的，在镜头前说一些言不由衷的话。

许竺衣叫我哥哥。和别的重组家庭里势如水火的子辈关系不同，她单纯得有点不像话。她会牵我的手，在难得见面的日子里对我撒娇。她喜欢吃甜食，尤其是花里胡哨的橡皮糖和榛仁巧克力，但是许晟海为了她的身材不走样，给她制定了严格的饮食要求。糖分摄入超标的食物一律不准食用。真是过分，十二岁的小丫头片子还在长身体，这怎么能行？

我二十二岁做了两件重要的事：一是赶在章榛出国前和他去文了身，刺青在后肩上，乍看一片张牙舞爪，我很满意；二是我暴揍了许晟海。

起因是许竺衣嘴馋，晚上偷偷吃了两条巧克力，吃完也不知道长个心眼藏一藏，把包装纸直接丢进了床边的垃圾桶里。第二天一大早，许晟海不知道发哪门子疯，看见了垃圾桶里的巧克力包装纸暴跳如雷，当即破口大骂，用词之难听，甚至扯上了许竺衣的生母。她憋得小脸通红顶了句嘴，紧接着，许晟海砂锅大的巴掌响亮地落在了许竺衣脸上，小姑娘当场愣住。

我闻声赶来，恰好目睹这一幕，许竺衣还没反应过来，下一秒许晟海就被我从背后一脚踹了个大马趴，我俩扭打在一起，终于惊动了在厨房做饭的我妈。

场面一时混乱不堪，许竺衣哭，我妈劝，许晟海骂骂咧咧，很快他就骂不出来了，因为我的拳头对准了他的嘴。他仓皇招架，拳头一通乱挥，命中了我的鼻子。我个子比他高，仗着年轻气盛，撂倒他又铆着劲补了两脚。

许晟海挨了顿打，像是把脑子打开了窍，良心发现了。在问过许竺衣，她说一点儿也不喜欢那些商业活动后，据我妈的可靠消息，他在床边呆若木鸡地坐了一宿，天亮时痛下决心，宣布收手。

许竺衣入学的第一天，全校轰动。

我没有继续读书的心思，大学毕业后就和兄弟去创业了。一周给我妈打一次电话，许竺衣也会经常给我打电话。她还是没什么朋友，于是我充当了小女孩的闺蜜，每天晚上就听她发牢骚，学习太紧啦，数学课听不懂啦，同桌今天给她带了一盒夹心饼干啦，可以想吃巧克力就吃巧克力啦。

事业上升期，我忙得大病了一场，我妈得知后，当即勒令我搬回去住。许竺衣得到消息，翘课去机场接我，小姑娘长高了不少，出落得亭亭玉立。她推着我的行李箱，一路上叽叽喳喳。聊到她喜欢的男孩，更是滔滔不绝。

我酸溜溜地说："有了喜欢的人，就不给我打电话了呗。再晚点回来，你连我是谁都不记得了。"

"谁说的！"许竺衣瞪起眼较真道，"不记得你是谁我干吗还翘课来接你！"

"开玩笑的。"我赶紧告饶。

"哼！"小孔雀轻哼一声，喜滋滋地扭过了脸。她长得实在漂亮，青春期的女孩独有的朝气在许竺衣身上凸显得透彻充分。她不住地催促道："快点回家吧，阿姨给你煲了排骨汤。"

"回家也是我一个人回，你还没放学吧。"我提醒道。

"糟了。"许竺衣这才想起来，遂愁眉苦脸道："我还要回学校呀？"

"你现在回去怎么跟你爸解释。"我补刀。

"……呃。"许竺衣傻在了原地，"那我先回学校，你要在家等我啊。"

"我又跑不掉。你还是想想一会儿怎么办吧。"我从她手里接过了箱子。

许竺衣愁眉苦脸地走了。

本次翘课的代价是她被罚站了一整个晚自习。

章榛很少和我联系，所以我洗完澡出来看见他的未接来电，还挺好奇。拨了回去，他开门见山，问我还记不记得横泽。

横泽。我思索了一会儿："你文在身上的那个名字？"

"嗯，我高中同学。"他的语气变得很激动，"我又见到她了。"

我顺手把毛巾搭在了头上，闷闷道："啊？你要勇敢求爱了？"

"卓晏川。"章榛像是忍了很久，缓缓开口道："你太烦人了，下次见面非给你一拳。"

发尾冰凉的水珠顺着我赤裸的脊背往下流，冷得我一激灵，笑声也跟着拐了个怪调："好啊，记得带嫂子一起聚。"

"胡说八道什么，没个着落的事。"章榛说。

"迟早啦。"我擦着头发嘟哝。

"你还单着？"他把话题带到了我身上。

"那可不单着吗。"我顿了顿，"不然你给我介绍个？"

"行。"章榛爽快地应下来。

"介绍什么？"推开卧室门探出脑袋的许竺衣八卦道。

"大人说话小孩子不要插嘴。"我挑了挑下巴敷衍。

"喊！"她不屑地把头缩了回去。

"你妹妹？"章榛也听见了。

"啊，对，是，我妹妹。"我承认。

"你紧张了。"章榛说。

我正打算否认，他不紧不慢地解释："你一紧张就习惯说大串没有意义的同义词。"

我咬牙切齿："你可真是了解我啊。"

"过奖。"他客气道，"旁观者清。要是有喜欢的不要迟疑，冲上去就完事儿了，大男人扭扭捏捏不像话。万一像我似的，什么也不说，以后还有没有再见的缘分都不知道。"

"你在说什么啊。"我蒙了。

"还有事，先挂了。"章榛不打算跟我挑明，扔我一个人云里雾里，他就撂了电话。

章榛说得没错，旁观者清，我数次回味起他这通电话有着明显言外之意的叮嘱，每次的滋味都不一样。

他早就看穿了我的心思，我对许竺衣的事敏感得不像个哥哥。从十六岁起，因她的价值被许晟海贪婪地榨取而愤怒，好像就隐隐朝着另一个走向去了，为她冲动地和许晟海打架仍没有令我意识到。最后，许竺衣毕业前夕，我揍了她的男朋友。

这小混账的花心思实在是太多，让我撞了个正着。无论我多少岁，都无法在许竺衣的事上冷静，二十二岁如此，现在亦如此。我在他家楼道里等了他两个多小时，耐心地等他在门口和女人互动完，意犹未尽地分别。制服这个足球小子花了我不少功夫，他一只眼已经青肿得睁不开了，我提着他的衣领命令道："过段时间就和许竺衣分手，不准说明原因。"

足球小子啐了口唾沫，嘴硬道："不是，你谁啊，你也喜欢许竺衣啊？直说就好了，不至于动手吧。我让给你行不行。"看我没反应，他壮着胆，嬉皮笑脸地跟我称兄道弟，"兄弟，我明白，漂亮女人，哪个男人不喜欢。"

从小到大我都觉得人不能说太多话。

有些话该说，说了也没事；但有些话不该说，说了就会死。比如足球小子，假如他没这么多废话，也不会挨第二顿揍。不过他到底还算识趣，不久就提了分手，分手时只是道歉，没有说原因。

章榛和横泽订婚当天，我到场了。人很少，横泽不喜欢热闹，章榛只叫了几个挚友，凑了两桌。没有双方的父母到场，章榛说横泽和家里人关系不好。

看他张口横泽闭口横泽的样子，我嫉妒得要命，我没有立场这样光明正大地把许竺衣挂在嘴上。她是妹妹，是我面前需要庇护的雏鸟，过往数十年里，我扮演了各种各样的角色，她的哥哥，她的闺蜜，她的战士，分担她压力的垃圾桶，唯独不是章榛和横泽的那种羁绊。

许竺衣自我修复能力极强，心情低落了一段时间，很快就能跑能跳能笑能闹，恢复如初了。她就近报考了本地的大学，理由是可以住在家里。她想天天吃我妈做的饭，天天看见她爸和我。

录取通知书一到，我就履行诺言，带许竺衣出去吃饭，是她最喜欢的一家日料店。

喝了点酒，许竺衣的脸色红润得好看，隔着透明的玻璃，她盯着一条章鱼，章鱼抽搐的腕足上排列整齐的肉质吸盘紧贴着碗壁。操作台的另一边，厨师刀下被切成段的章鱼奋力扭动着滑腻的触手。她目不转睛地注视着这样的杀戮。由于没有鲜血四溅的视觉污染，加之厨师精妙的刀工，徒劳无功的挣扎与冷酷无情的制裁，强烈的对比之下，这场表演显得分外赏心悦目。近乎残忍的艺术感，那碗尚未死去的、蜷曲的"枝条"，正愚蠢地试图扎根于碗里看不见的泥土。

我踌躇着想说点什么安慰她。许竺衣率先喃喃出声了："哥，它死得好美味啊。"

"……那你就多吃点。"我咽下了不必要的措辞。

许竺衣顺风顺水地过了两年，开始了新的恋情，这次的男朋友比足球小子靠谱多了。她甚至为他看起了婚纱，一脸羞怯地举着手机，问我哪款比较好看。

我随手指了一件露肩的纯白高腰礼服婚纱："这个，很好看，很衬你的身材。"

她嘿嘿傻笑着扑倒在沙发上抱着靠枕打滚，已经听不进去我说的话。我给章榛打电话，自顾自地说，这样也挺好，她可以和她喜欢的人磊落自由地在一起，那个男孩看上去很在意她，对她很好。

接电话的却是横泽。

她说章榛今天没带手机，如果不介意的话，我可以继续说，她会转告给章榛。

对着兄弟的未婚妻倾诉自己情路坎坷，我可开不了这个口，我向她道歉，挂了电话，打开窗户点了支烟。从这以后，我再也没有对任何人提过许竺衣。她本就值得谈美好的恋爱，被一心一意地爱。

谁也没有想到那个看似靠谱的小白脸，分手提得没有丁点征兆。突如其来的打击让许竺衣食不下咽，我旧戏重演，风风火火找上了门，被他开门时苍白的死人脸吓了一跳。

"竺衣说，你要去冰岛？"我单刀直入。

"骗她的。"他说。

我握在身侧的拳头紧了紧。

"现在还没有确诊，不过已经有八成的把握了。"他的眼睛黑得可怕，镶嵌在那张白得瘆人的面皮上。我的拳头松开了。

"什么病？"我磕巴起来。

"遗传病，我妈就是这样没的。"他淡然地回答我，错了错身子，"进来坐？"

"不了。"我感到一阵局促，"能治吗？"

"不知道。"他说，"只要没有完全的把握，我就不会给她一点儿希望。对不起。"

事已至此，我再也没了怒火。他应付许竺衣的说辞是厌倦了日复一日的生活，在雷克雅未克也许可以体验到焕然一新的人生。他会去那里短期定居，再辗转到更遥远的国度。直到遇见最适合他的地方，然后长久地扎根，再也不回来。

"我可能会回来呢。"他笑了笑，"那时候她还没有嫁给别人就好了。"

我不能忘怀那样的笑容，鬼使神差地，我说："你的名字是什么？总得让我知道怎么叫你吧。"

"叫我小角吧。"他说，"号角的角。"

不冻港
横泽

卓晏川是我新剧本的取材对象。

我见证了一场抢婚。男主角和没有血缘关系的妹妹婚礼当天，妹妹分手数年的前男友从冰岛回来了。于是新娘提着婚纱的裙摆，穿着高跟鞋，义无反顾地跟着那个清瘦的男人走了。比剧本更狗血的永远是生活，要知道，艺术是高于生活又基于生活的，人为加工过后的绮丽产物。

男主角是卓晏川，女主角是他喜欢了十多年的女孩许竺衣。而男主角除了是我的取材对象以外，他还是我丈夫的朋友。

此时此刻，在他的办公室里，卓晏川坐在我对面，显得冷静异常。开口第一句话是："我确实爱她。"

听上去如释重负。

他没有任何起伏地叙述了他与许竺衣从十六岁到三十四岁发生的大小事件，巨细无遗，他对女孩的喜好如数家珍。

"我从来没有想过要得到她。"卓晏川说，"小角比我更适合她。"

说起小角，我们聊得更多的是这个男孩带给许竺衣的快乐。他满面轻松和我侃侃而谈，时不时还会说些诙谐幽默的话，着实不像一个被抢婚的男人。回去的路上，我分神整合了信息，觉得很有料，可以写。

章榛下班时间很晚，我掐着他回家的时间给他焖了饭。用保鲜膜封了碗口，我打开电脑文档，又仔细地翻阅了和卓晏川谈话时随笔记录的内容：

"人最大的精神需求是'被需要'，最近几年，我已经想得非常透彻了。所谓执念，不过是我一直想象她能在我身旁，只要她想，我就会在，永远都在。就像她于我，你于章榛，小角于竺衣，她在太阳照不到的极地，成为我的月亮，做我的隆冬不冻港。"

章榛开门带进满屋的寒气，我为他脱去大衣时闻到了他身上的酒味。

"又应酬啊。"我嗔怪道，"喝了多少？"

他搓了搓冻僵的手，捧住我的脸凑近道："不多，你闻闻。"

掺着走廊暗色的灯色，章榛的眼睛里反着海浪般潮湿的光。

"我好想你。"他说。

"我知道了。"我答。

"我好爱你，横泽。"他说起醉话来，"在你面前，我谨慎小心又张扬轻狂。你总讲我不浪漫，我哪里敢在窗边吻你，我怕惊动了窗外霓虹，碰碎我的月光。"

未来篇

WEI LAI
PIAN

不再强说浪漫的浪漫，不再自我欺骗的温柔。

最重要的是，有你，有我们。

鳞

LIN 未来篇 WEI LAI PIAN

　　猎龙者在捕杀世界上最后一条恶龙的时候，动了恻隐之心。

　　或许是小龙变成的少年，样貌太过俊秀乖巧，血红的龙鳞在破损的衣裳下若隐若现，一条倒锥形状的瘦弱尾巴，贴在两股间瑟瑟地抖。小龙抬起眼去望猎龙者，黑红发亮的眼睛里充满了恐惧和对生的渴求。

　　屠龙千万的猎龙者，少见地迟疑了。他举起剑来，终究没有落下去。猎龙者摸了摸小龙的脑袋，叹息一声，离开了他藏身的洞窟。

　　下山面见国王时，猎龙者扯了谎话。他对国王说，那恶龙狡猾，身高百丈，周身有金红的龙鳞护体，牙尖如剑戟，爪锋利似刀芒，好像一条恶龙之王。我不敌他，败下阵来，让他逃了。国王阴险至极，一手过河拆桥玩得熟练漂亮。他下令杀了已经没用的猎龙者，并贴出布告：寻找一位新的、勇不可当、神挡杀神龙挡杀龙的猎龙者。

　　没有人敢和"狡猾，身高百丈，周身金红的龙鳞护体，牙尖如剑戟，爪锋利似刀芒"的恶龙之王对抗。

　　猎龙者的位置，就这样空了三十年。好在这三十年里，鲜少有听说这个恶龙之王出来为非作歹。百姓的生活还算安定。三十年后，一位高大英俊的青年来面见已经老去的国王。他有一双湛蓝的眼睛，清澈得好像六月底晴朗天空下宁静的湖畔。

他说，他来应聘猎龙者。

国王的阴险毒辣并没有随着老去而消逝，反而愈来愈变本加厉。

"哦？"国王傲慢地说，"你有什么本事呢？"

青年从怀里摸出来一片龙鳞，金红，坚硬，纹路清晰，闪烁着华贵的光泽，足有巴掌那么大。

"恶龙之王身上剥下来的，如假包换。"他笑着说道，露出一排整齐好看的白牙。

国王接过龙鳞，反复把玩，阴沉的神色渐渐褪去，他喜道："时隔三十年，我们终于再次拥有了最优秀的猎龙者！传令下去，贴出布告，举国欢庆！"

新任猎龙者得到了国王最高的礼遇。他住在城堡里，吃住标准与贵族别无二致。猎龙者没有日积月累杀生积淀的戾气。他俊美，优雅，轮廓深邃。他和国王十四岁的小儿子相处融洽，当他们一齐出现时，仿佛是两个王子，一对亲昵的兄弟。

猎龙者伏跪在地上，接过了国王赏赐的屠龙宝剑，金柄银刃，寒光凛凛。他记得这把剑。许多年前，这个沾满无数鲜血的剑锋，曾对准了他。后来落在他头上的，是一只宽厚温暖，又有一点沉重的手掌。斗转星移，三十年过去了，在剑下颤抖的小龙，长大了。他掀起眼皮，露出自己蓝色的眸子，温润的笑意下满藏着仇恨和杀气。

小龙现在是大龙了。大龙知道那个保护了他的猎龙者死了。他要毁天灭地，他要腥风血雨，他要王国覆灭，他要手刃仇敌。为这一天，他沉住气，酝酿了三十年。

新来的猎龙者神秘且极具魅力。小王子非常喜欢他。起先只是时常叨扰，问一些无理取闹又有些愚蠢的问题。后来日益黏腻得紧，几乎寸步不离。

国王恰巧有心，让猎龙者提携点化一下他这温室里长大、不谙世事的单纯儿子。于是在国王刻意的撺掇下，小王子成了猎龙者的徒弟。猎龙者厌恶这个国家的一切——险恶的君主，趋炎附势的小人，甚至园丁修剪出的优美风景，都使他感到造作。

可他独独不讨厌小王子。

谁会讨厌一个笑起来犹如风信子般洁净纯良，口无遮拦却童稚顽皮的可爱的人呢。小王子夜里留在猎龙者的房间，同他讲自己与兄长们的马术游戏，滔滔不绝。猎龙者只是微笑着听他说，偶尔答应一句。心中盘算着的尽是如何将这方土地摧毁。他对这个尚且年幼天真的男孩心存愧意，所以微笑着的模样格外真挚耐心。

小王子讲完了一个故事，困乏地睁不开眼，他疲倦地看向猎龙者挂在墙上的森冷的屠龙宝剑，哼哼唧唧地撒着娇："师父，我以后会成为和您一样伟大的猎手吗？鏖战之后，剥下恶龙之王的鳞。"

猎龙者的声音不自觉地掺上几分凉意："是的，殿下，您会。"

当我用口中喷出的焰火，灼过你深爱的每一寸土地，我发誓，你会恨我入骨。不顾一切地赌咒，付诸行动直至亲手杀了我这世上最后一条龙——恶龙之王！

小王子个子长得很快。十四岁时，他尚且未及猎龙者的肩头。十九岁时，他已经能够平视猎龙者的眼睛了。他喜欢专注地盯着猎龙者的眼睛看。

"蓝色，纯净，透明。"他这样形容。

十九岁的小王子声音有着成年男人的微磁低哑。他贴着师父的耳朵，说悄悄话，热乎乎的气打在猎龙者冰冷的耳根，似乎要把他礼貌疏离的冷气融化。小王子像小时候那样朝着猎龙者窃窃私语，而后撤开一点点距离，盯着他的眼睛，轻快愉悦地笑开。

猎龙者没有变老。成年后的龙，是不会变老的。他还是小王子十四岁时见到的容颜。他们看起来像是同龄。

小王子留在他的房间过夜已经是不成文的规矩了，谁也不知道，小殿下为什么会对一个猎龙者有着说不完的话。

老国王的身体越来越差，他时常咳嗽，脾气反复无常。除了对最宠爱的小儿子依然和颜悦色外，他好像已经变成了一个古怪的人，无论别人如何努力讨好，都不能使他满意。老国王的性格更加孤僻，更暴戾了。

猎龙者下的这一盘大棋，大概也该到绝杀的时候了。

"师父，如果未来我当了国王，你就不要再当猎龙者了。"

猎龙者陪同小王子狩猎时，小王子骑在高大的白马上忽然没头没脑地对他提了一句。猎龙者扶上了腰间熠熠生辉的屠龙剑，一时说不清自己心情如何。

小王子轻轻叹息一声："人和龙可以和平相处的，对吗？"

"最后一条龙还未出现，殿下怎么知道，当它出现的时刻，您不需要我和我的剑呢？"猎龙者淡淡地回应，"它迟早会出现的，迟早。"

小王子很快偏转了话题，他指着远处提着死兔长耳朵跑回来的随从，朗声对猎龙者说："师父，您教给我的箭术。"

"很好。"猎龙者一语带过，显然也不愿和他多讨论"猎龙"的话题。

"我今晚还想和您聊一聊，您教给我的其他东西。"小王子仍如多年前一样健谈，"我学会了许多。我想您知道了应该会高兴。"

今晚是化回龙身肆虐风沙焰火的终夜，猎龙者挑了个百年不遇的月黑风高天。他已经习惯了小王子的聒噪，可想到今天是他最后一次对自己滔滔不绝时，猎龙者的心里竟泛起一丝难忍的不舍。

他在自己装潢华丽的房间里不安焦躁地等待着，等待小王子最后一次与他夜话。等待这夜之后，再见面就是被仇恨蒙蔽了双眼的小王子和他刀剑相向。他的天真会被怒火熬干。那时的小王子一定理智成熟得让他陌生。想到这里，猎龙者不由得感到，似乎期待已久的屠杀时刻，慢慢索然无味起来。

可他不愿就此功亏一篑。飓风怒吼着摧动城堡的尖塔，今晚没有月亮。猎龙者有一种神圣的使命感。他湛蓝的眼眸盖上了一层森然的黑色，隐隐还覆了一抹猩红。随着声震耳欲聋的龙啸直冲云霄，大龙显露出原形来。身高百丈，周身有金红的龙鳞护体，牙尖如剑戟，爪锋利似刀芒。

恶龙之王！

他身躯庞大却不笨重，他破窗而出，灵巧地移动，攀上了整座城堡最高的一座塔楼。恶龙高啸着，口中喷出一簇巨大的烈焰，映亮了半边漆黑的夜空。全城的人都看见了，这是恶龙之王的咆哮！恶龙之王的报复！

小王子也看到了。

他飞奔出国王的寝宫，冲到黑夜的飓风中，向着天空大喊："师父——！是你吗——？"

小王子的声音被大风刮得支离破碎。

恶龙听到了，他暗地里无比激动，可仍然保持着恶龙倨傲的高贵姿态。

"我是国王了！"

小王子上气不接下气地呐喊着："从今往后，该死的猎龙者，让这职业见鬼去吧。我保证！"

恶龙微微愣神。

"今天晚上，我想和你说的是——"

"您教我的箭术、身法、插花，我都学会了！"

"我还无师自通，学会了喜——欢——您——！"

小王子的声音实在是太大啦，这下整座皇宫的人都要听到了，等到明天，全国的人都要知道啦！恶龙猝不及防，羞红了脸，他庆幸今晚很黑，不会有人看到他的窘态。

"杀戮终结于父亲。"

"他随天父而去，永享天堂福音的沐浴！"

"请您不要造反，与我——一起——"

小王子气息跟不上了，说的话也口不择言起来。恶龙还沉浸在方才的告白里不能自拔。他当然知道这个徒弟从不诓人！哦不是，从不诓龙！可就这样下来，也是真的很没面子。嘴巴超级硬的恶龙先生，气势汹汹地又朝天喷出了一串火，顶着大红脸别扭地说："谁要造反啦？"

"我给你放烟火看呢！"

"好看不？"

"好看。"小王子声音放缓了，显出几分哽咽来，"和我十四岁时偶然窥见您洗浴时，看到的那根尖锥状赤红色的尾巴一样好看。"

吃糖

CHI TANG

未来篇 WEI LAI PIAN

女巫一直信奉着这样一句话：不要谈恋爱。

"因为你永远也不知道，轰轰烈烈的女巫大审判和爱人衰老而死哪个会先来。"

城里的人都说，女巫活了好几百年了。

她像一个精致的瓷人，白的肤，红的发，挺鼻高颧，一双浅色的猫眼里透着股狡黠的灵气。握了节细细短短的葡萄藤，神情倨傲，漂亮得不可方物。

根据城里最年老的老奶奶回忆，她还是小女孩的时候，女巫就已经是这副模样了，至于那节葡萄藤，大约是她的魔法棒吧。

孩子们对女巫的故事很好奇，英俊的青年们也总想去一睹女巫的风采。女巫家的锁就虚插在销里，挂在门把上，却从来没有人敢上前去拨开它。

理由也很简单，传说女巫是这片大陆上最强大的女巫。百年前，轰轰烈烈的女巫大审判运动如火如荼地进行，不计其数的女巫被绑上十字架烧死。在骑兵刀剑相向的包围圈里，她擎着那支葡萄藤，宽大的衣袍骤然狂舞起来，她诅咒了整片大陆。瘟疫之雾从河里来，从风中来，从雨水中来，死神无处不在，阴影很快笼罩了王国。

"后来呢？后来呢？"孩子们叽叽喳喳地催促着。

"后来，国王亲自来到了她的门前，跪在阶下，祈求女巫的原谅，收回天降之灾。"老奶奶说着，瞪圆了眼睛，不出声了。

孩子们顺着她的目光看去，只见"非常强大""冷酷无情""能够操纵瘟疫"的可怕女巫，正提着一只竹篮蹦蹦跳跳地往家走。

她手里挥舞着那根短短的葡萄藤，嘴里还哼着歌儿。跃过一块石板的时候，女巫的篮子颠簸了一下。有一颗亮晶晶的东西飞了出来，滚落在地。等她蹦远了，胆子大的小男孩跑上去拾起了她遗落的东西。

"是一颗草莓味的硬糖。"他举起来，向大家宣布道。

女巫最近心情很好。她回到家里，那个女孩正像一只受惊的猫，裹着床单爬上了房梁，戒备地盯着她。女巫把手伸进篮子里，攥住一大把糖，冲她抬高手掌。糖果包着亮闪闪的纸，在女巫白皙的掌心里，星星似的晃着光。

"甜甜，甜甜噢。"女巫引诱道。

女孩的双眼变得炯炯有神，她手脚并用，干脆利索地从房梁上爬了下来，牢牢抱住了女巫的腿。她的小手很有劲，女巫觉得自己好像不是养了个孩子，而是养了个会自由搏击的小树袋熊。她把糖果塞进她的手里，看她专心致志地剥糖纸，忍不住幸福地叹了口气。

女孩原本是百姓献给恶魔的祭品，就在她快要在摆满蜡烛的山洞里死掉的时候，女巫把她救了回来。当时她躺在祭台上奄奄一息，唇角还带着被殴打过后触目惊心的红痕。她掀起眼皮，有气无力地瞥了女巫一眼，就是这一眼，令女巫浑身好像过电一般战栗。

不属于女孩年纪的戾气，含混着筋疲力尽的疲倦，生生养出了足以让人胆战心惊的媚态。

女巫把她抱回了家，才发现了两个大问题。

她像是得了什么皮肤病，身上遍布着暗红色的鳞，是鱼鳞吗？仔细看却又不像鱼鳞。这些鳞还没有成形，不细看根本无法察觉，只有边缘脆硬，稍稍一掰，就会断裂，女孩发出吃痛的低吼，露出了嘴里尖锐的鲨鱼牙。

于是女巫明白了为什么人们会把她献祭给恶魔——她就像个彻头彻尾的小怪物。

第二个问题是，她不会说话。女巫不知道她叫什么，就喊她小怪物。她仿佛十分受用的样子，欣然接受了自己的新名字。

"我会治好你的哦，小怪物。"女巫点了点她的鼻子。

小怪物一阵龇牙咧嘴。

小怪物会说的第一句话是"甜甜"。

因为很爱吃糖，每次女巫哄她的时候都会对她说这两个字。

"甜甜，甜甜。"小怪物爬上了高脚凳，趴在桌前看女巫手里咕嘟咕嘟冒泡的玻璃瓶子。

"是想吃甜甜了吗？"女巫腾出手给她塞糖。

她刚要去接，突然顿住了动作，看了看女巫掌心的彩色糖果，又看了看女巫的眼睛，她摇头，却喊得更响亮了："甜甜，甜甜！"

女巫一愣，立刻会意，她指了指自己，问道："说我吗？"

小怪物高兴地拍起了手："甜甜！甜甜！"

连女巫自己都忘了她的名字，她有各种各样的称呼，女巫，神女，妖女。人们或带有敬畏之心，或带有轻蔑之意。唯独她的小怪物，是真心地喜欢着她，诚恳带笑地喊她甜甜。

女巫放下瓶子的动作仓促，翻倒的瓶子掉进了装满粉末的瓦罐，里面的东西相融，于罐底噼里啪啦地炸了起来，掀起的气尘又带倒了一边倒挂的试管，顷刻间，屋子里各种声音不绝于耳。

一片狼藉里，女巫抱起了小怪物。小怪物最爱混乱，她兴奋地尖叫起来，小脸通红。女巫狠狠地亲了她一口，嗔道："聪明死你啦，要成精了，臭小鬼。"

小怪物会说的话越来越多了，病症却丝毫不见好。女巫研究了许许多多治疗皮肤病的药，有吃的喝的外敷的，通通不顶用。小怪物隔三岔五拉肚子，被女巫折腾得鬼哭狼嚎。

一转眼，四五岁的小东西长到了十二三岁大小，女巫抱她都吃力了。她倒好，本就天生怪力，这下更甚，现在徒手打死一头牛都不在话下。在女巫的悉心照顾下，小怪物一改从前的孱弱邋遢，穿上了女巫亲手给她裁的花裙子，整个人都焕然一新。

她做事非常专注，自然也是女巫的功劳，在女巫捣鼓瓶瓶罐罐的时候，尤其如此。她最爱看她忙活那些东西，一个瓶子里装着一个秘密，每一个秘密都有着不同的颜色，她崇拜女巫如敬仰神明，连目光都是信徒瞻仰圣像般虔诚。

到了读书的年纪，女巫也送她去念书。小怪物打上了"女巫所有物"的标签，同龄的孩子都不敢同她玩。她不恼，独来独往也乐得清闲，唯一一次动手揍了人，是听见了有人说她是"女巫的女儿"。

小怪物发了很大的火，几个男孩被揍得满地找牙。女巫得知此事哭笑不得。

"女儿就女儿呗，你是我一手养大的，这么说也没错嘛。"女巫安慰她道。

小怪物闻言撅起了嘴，恨恨看了她一眼，扭过身去不理她了。

等到小怪物再长大点，就可以穿女巫的衣服了。她幼时莽撞的娇憨退得一干二净，个头比女巫还高。与女巫的美截然不同，小怪物的美丽是锋利的。小怪物犹如一柄匕首，任刀把上镶饰着怎样的珠玉，都无法掩藏本体凛凛的寒光，她眉长眼长，初见时惊鸿一瞥的媚态愈发的彪悍动人。

那一口鲨鱼牙竟然是乳牙，换牙后，小怪物长出了和常人无异的整齐白齿。她的病随着年龄的增长自愈，光洁干净的皮肤无论如何也不像曾经长出过鳞甲的样子。女巫看着她，内心欢喜之余，又生出了浓重的不舍。

她知道，小怪物一定会离开她的。就算小怪物不愿，也抵不过凡人的生老病死。而她是不老不死的女巫。

女巫的宿命就是孤独。一个人看春秋交替，一个人走到时间的尽头，一个人细数漫长的一生，那些短暂的欣喜，还有久得让人已经麻木的痛苦。

小怪物长大了，女巫也逐渐失去了笑容。十七岁的小怪物亭亭玉立，样貌和女巫形同姐妹，只有女巫知道，自己徒有一副年轻的皮囊。这层光鲜亮丽的皮下，是一颗老朽生蛀的心。这颗心现在因小怪物而变得柔软，等到几十年后，小怪物老去死去，它就会再滴一层厚厚的沥青，变得愈加坚硬，密不透风。

"甜甜，你好像变了。"小怪物说。

阴郁的女巫怏怏地看了她一眼。

"甜甜，你以前给我的感觉像糖果一样，人也像包草莓糖果的纸，皱的，一搓就滋啦滋啦响，太阳底下很亮，很亮。"小怪物专心致志地形容着，对她比比画画。

"现在呢？现在——"小怪物顿了顿，"变成黑巧克力了。"

她压低声音悄悄贴近了女巫的耳朵，咬道："酒心的。"

"什么意思？"女巫疑惑道。

"你不开心，所以变得又苦又涩，偏偏让我醉得更厉害了。我神魂颠倒，又不知如何是好。这可怎么办呀。"小怪物托着腮笑嘻嘻地看着她。

从小怪物褐色的眼睛里，女巫看见自己的神情都不自然了。

"胡说八道什么。"她摆出了大家长的架势。

"嘿嘿，害羞啦？"小怪物根本不吃这套。

女巫给小怪物讲故事，讲很长的故事。她还是个小女孩时捡到一节会发光的葡萄藤，遇见会说话的知更鸟和蓝色的蔷薇花。她捉住蜥蜴的尾巴，把蝙蝠的翅膀捣碎，拔下一支鸥鹕的羽毛，混合星星的粉末，喝掉以后就会在梦里见到朝思暮想的人。她的第一件斗篷是自己缝制的，简直是女巫界最漂亮的斗篷。

女巫没有喜欢的人。她可不像其他傻瓜女巫，遇到一个帅气的男人，就迅速坠入爱河，欢愉是一时的，爱人去世之后的寂寞却是永恒的。有一个活得比她还久的老女巫，提起那个男人，只剩悲伤的叹息。思念是折磨人的酷刑，如果得到了永生，就绝不能去爱人。

女巫对小怪物信誓旦旦地说，她活得太久了，看透了人世间男女的欢爱，假使不能相伴一生，那最好一瞬也别让她拥有。

她还提到了几百年前，那场声势浩大的女巫大审判。在教会的怂恿下，王国开始大范围的清剿女巫。法力无边的女巫也怕火，于是无数女巫被送上了绞刑架被烧死。

她们惨烈地死去，这回，轮到她们的爱人发了狂。女巫亲眼见到一个男人毅然决然，纵身扑进了火里，两个苦命的人于烈焰中人影交缠，却没有发出一声叫喊。他们那样从容不迫，拥抱在一起，沉默着共同面对死亡。

女巫不适合爱情。因为你永远也不知道，轰轰烈烈的女巫大审判和爱人衰老而死哪个会先来。

"有人说，那场大审判，是你终结的。"小怪物轻轻说，"你给这片土地带来了最深重的苦难，那时，瘟疫无处不在。"

"虽然关于我的传言很多，但是这条，是真的。"女巫微笑起来，她笑起来的样子就像一只狡黠的猫，"没有人理解女巫，关键时刻，我只能以暴制暴。"

小怪物喜欢女巫，也许是从她把她抱回家的那天开始的。

人们用十字架和银器降服她，用蘸了河水的鞭子抽打她。她像一只幼虎，飞扑上去咬人，咬死了就不松口。

男人的耳光很重，一巴掌打在她脸上，她吐出两颗尖尖的鲨鱼牙。

她躺在山洞的石台上，等午夜降临，寒冷抽走她最后一丝微弱的吐息。她看见了戴着尖尖高帽子的女巫。

女巫把她抱起来，她的脑袋有气无力地歪在女巫肩头，闻到了好闻的味道。是晨光，是月亮，是露水打过的蔷薇，是世间一切无法用语言形容的美好。有吐蕊的鲜花开在小怪物的胸口，几天来，她第一次睡了个好觉。

女巫调剂药品的样子很专注，睫毛一根根翘起，沐浴在灯光里。小怪物看着看着，就能流着口水睡过去。

长大了一点，她趁女巫不在偷偷穿女巫的衣服，踩着细长的高跟鞋，在屋子里吧嗒吧嗒地走路。

好想快点长大，长成大人，和甜甜一起出门。这样的愿望，无声无息地在小怪物的心里扎了根。所以上学以后，听到有人说她像她的女儿，她才会发那么大的脾气。她不要做她的女儿。她听见自己咆哮，所有的愤怒和不甘都化作出拳的动力。

最可恨的是这话竟然从女巫的嘴里说出来了。她恨恨地看她，气得要命。

长大吧，又是一年柳枝抽芽。小怪物支着下巴发呆，痴痴地想，想着想着就笑了。

前一天晚上她装睡，女巫分明有悄悄地亲吻她。

可是她知道，对女巫袒露心声的后果是什么，她大多是寂寞地微笑，对她说，不行。

"因为你永远也不知道，轰轰烈烈的女巫大审判和爱人衰老而死哪个会先来。"

她是那么怕孤独，又不得不孤独的人呀。小怪物偷偷地藏，藏着心事，她想挑一个适合的时机，不论多久，她都等着。等到心事撑破胸口，在女巫面前铺成一条熠熠的河。她处心积虑地藏起了自己的长尾巴，藏起了自己尖而长的角，藏起自己暗红色的眼睛。

那遍身的龙鳞，也在十五岁以后，可以藏得不留痕迹了。她要一直一直陪着她的甜甜。等到七八十年后，还是少女的样子，等女巫惊讶地问她，你怎么不老的时候，她就说——龙是不会老的。

你不用再担心爱人老去，也不用再畏惧下一场女巫大审判猝不及防地降临。

"我吞火和我吃糖一样厉害。"小怪物得意扬扬地趴在女巫枕边想。

吻生之礼
WEN SHENG ZHI LI
未来篇 WEI LAI PIAN

"我徒手接住了一颗坠落的星球。"

塔西雅发来这条消息时，我正在臭气熏天的垃圾场里寻找废弃的电子产品，试图抠点智能芯片下来，好让我拿去卖钱。植入手腕的传呼机闪烁了两下，我顶着炎炎烈日脱掉了我看不出底色的脏手套，大声读出了信息内容，伙伴们听罢默契地哄笑起来。

瞧瞧，这个小疯子说什么？她，徒手接住了一颗坠落的星球！

凭什么呢？凭借着她那对靠我捡垃圾捡到的破旧金属手臂和年逾古稀的羽先生高超的维修技术吗？

我承认，塔西雅的手臂确实有点名堂，在公元 2700 年，身上的零件不是娘胎里带出来的原装货不是什么稀奇事。不过那玩意充其量只够她正常生活，远远比不了中心城里富少阔太们的尖端配置：能够穿透肉身看见人体骨骼的蓝色义眼，能够喷火的铁质指尖，能够媲美猎豹时速的双腿。高新科技使有钱人距离真神只有一步之遥。

可塔西雅的双臂是彻头彻尾的水货。

她是怪胎，这一带无人不知。

一个生下来就让母亲感到绝望的孩子。

她长得实在是太丑了，见过她的人都说，塔西雅一定被中古邪祟诅咒过，否则没有人可以解释塔西雅样貌的合理性。撇开长相不谈，她的智力也远低于同龄人，温润的性格使她饱受欺凌。塔西雅在乌尔街长大，和无数乌尔街贫民窟的孩子一样，她没有资格接受教育，但因为没有那么多心思去想东想西，十二岁以前，她过得姑且还算开心。

塔西雅十二岁那年，她的妈妈郁郁寡欢地死了。而那个供她栖身的破旧狭窄的家，很快被乌尔街公会出面收回。走投无路的塔西雅加入了我们的捡垃圾大军，这支由流浪汉和孤儿组成的大军有个漂亮的名字：吻生之礼。

是羽先生取的。

我听不明白，但阿道夫说这是个浪漫的名字。我对阿道夫有着懵懂的好感，所以我笃信，它很浪漫。我在十五岁，花开的年纪，实打实地需要浪漫来点缀我们愁云惨淡的生活。

塔西雅初来乍到，理所应当地成了拾荒者之中最底层的"清道夫"，清道夫只能捡食最末等的垃圾，果腹都勉强，染病死亡率极高。塔西雅经常感到饿，她好像一只永远也填不满的口袋，需要不断地进食，可她看上去还是那样瘦小可怜。食物都到哪里去了呢？我曾不止一次地思考这个问题。笑会消耗大量的体力吗？

塔西雅喜欢对我笑，只是对我。下雨天我举着塑料布为她挡着雨一筹莫展的时候，她冲我弯起嘴角。

塔西雅笑起来的模样看上去非常蠢，两眼挤成一条线，肥厚的嘴唇咧成滑稽的弧度，本就不怎么立体的脸，仿佛塌成了一摊丑陋的泥。我不喜欢看她的笑容，但我还是忍不住把自己有限的压缩饼干掰开分给她。阿道夫惊诧于我的慷慨，要知道，在此之前，我一贯冷眼旁观，对他人的生死漠不关心。我无法阐明自己为什么要这样做，只好局促难堪地对他笑笑。

第二天，塔西雅送了我一枝玫瑰花。

由于土地资源紧缺和严重的污染，鲜花是可以与钻石相提并论的珍贵的奢侈品，毫无疑问，这支是假花。火红的花瓣有缺损，但是被她在积了水的洼坑里洗得很干净。

"饼干与玫瑰花，还挺有韵味。"阿道夫语气刻薄地嘲笑着下了结论，"她喜欢你。麻烦大了，当心她赖上你。"

他说得没错，塔西雅赖上我了。

从我戴着指虎的右手，为了她而挥上另一个浑小子的脸颊时起，我就知道这回真的麻烦大了。看着地上沾血的碎牙，我心烦意乱地吼了她："滚远点！"

那牙不是我的，这意味着，我即将有数不清的架要打了。塔西雅亦步亦趋地跟着我，尽管我对她恶语相向，她仍没有转身离开的意思。

因为我的压缩饼干，塔西雅活了下来，数不清的清道夫尸体在垃圾场的角落里形成了一道异样的"风景线"，她本该是其中一员。这个时代，最不值钱的就是人命。当然，像我们这样，如同蝼蚁一般，靠着中心城排泄出来的垃圾，汲取着生的养分苟活的家伙，也不像是活着，我们只是没有死。

羽先生说，于现今世界局势而言，穷人生育就像在繁殖悲剧。优秀的基因全都被冻在冷库中，风雨雷电通通可被操控差遣，资本家高坐在摩天大楼的天台上饮酒品茶，而穷人和他们平庸的孩子化为一枚枚单调的金钱符号，源源不断地流进富人的口袋。

羽先生来历不明，但吻生之礼中的老人说，他曾经是中心城叱咤风云的大人物。

我的疑虑太多了。

既然是大人物，为什么会来乌尔街？为什么会到乌尔街最末端的垃圾场周边讨生活？为什么和我们这群过了今天看不见明天的社会弃卒厮混在一起？我总是这样胡思乱想。

塔西雅拥抱我，笨拙地张开怀，像一只熊去呵护兔子那样拥抱我，可她的个子还没有我高。我用力地对她挥了挥拳头，警告她离我远点。她看起来很沮丧，但是显然，这样的沮丧并不会维持太久。

阿道夫最近没空对我说风凉话，他捡到了一个人造耳蜗，是赫赫有名的生物公司制造的高端产品。他拜托羽先生为他动手术，把那个精致轻巧的东西塞进他的耳朵里成为他的一部分。我感到焦虑，他的身上属于他自己的东西越来越少了。我最喜欢他蓝色的眼睛，那是两扇澄澈温柔的明亮窗户，然而现在其中一只也在不久前被有着猩红瞳孔的人造义眼取而代之了。羽先生为他换眼睛的那天，我坐在羽先生工作间的门口，难过得说不出话。

塔西雅在长大，她的五官长得开了些，变得顺眼许多。一蓝一红眼眸的阿道夫神采飞扬地离开了，他迫不及待地要去向别人炫耀那只冰冷的仿生义眼。我不喜欢那只红色的眸子，眼白太多，瞳孔像一粒火星，瞧着就杀气腾腾。

我和塔西雅并排坐着，目送他离开。

"那只眼睛像膨胀的欲望。"她说。

"你说什么？"我惊诧地回头。

"可是贪婪的人是不会被满足的。"塔西雅自顾自地说着，"像是丢进水里剧烈沸腾的生石灰，在欲望驱使下疯狂地燃烧着自己，最后成为悬浮在一池死水中的白色灰烬。"

"到最后，他还是他吗？"她喃喃道。

"在十字路口，每个人都自顾不暇。"羽先生推开门，他记得塔西雅，也记得塔西雅的机械手臂，"别看他。"

"人类文明在倒退。"他抬起头，将深邃的目光投向了一望无际的露天垃圾场，远处在焚烧提炼什么东西，有浓烟滚滚升腾，"丧钟已鸣，现在即是末日。"

他眼尾的皱纹夹着我看不懂的细碎忧郁，但我相信塔西雅看懂了，这个笨孩子掉下两滴硕大浑圆的眼泪，在地面浸出两摊微缩的湖泊。羽先生摸了摸她暗橘色的发顶，而后我们三人陷入了令人窒息的沉默。

"让世界为乌尔街大吃一惊吧。"他说，像是对我，对塔西雅，更像是自言自语。

我低下头，闻到了空气中飘散的刺鼻味道，自暴自弃地想，乌尔街已经用它的混乱和贫穷让世界避之不及了。秩序由资本家一手构建，法律可以用金钱交换，乌尔街是一座待价而沽的笼子，乌尔街让世界大吃一惊，和商品让买主大吃一惊有什么本质区别？

塔西雅与我的想法截然不同，当晚入睡前，她蹭到我身边："你相信吗？我们不会永远依附吻生之礼而活。"

我敏锐地捕捉到了关键词。"我们？"我尖锐地反问。

"我会带你走的。"塔西雅信誓旦旦地看着我的眼睛说，"不留在乌尔街，也不去中心城。到更远的地方，我们远走高飞。"

说过这句话的塔西雅，在几年后发信息告诉我，她徒手接住了一颗坠落的星球。

我们以此为笑料，嬉笑打闹着，但在回到乌尔街时，再也没有人笑了。

因为这是真的。

塔西雅接住了一颗星球的事，在乌尔街广场的电子滚屏上循环宣传。乌尔街天空中老旧失修的视网荧幕里，新闻也在报道这件事。

我们抬起脸，像仰望太阳一样仰望着头顶浮现出的塔西雅的英雄事迹。她陪同羽先生去中心城的批发中心置办零件，返程时，突然收到了紧急的天灾预警。

那颗星球，确切地说，是一块名字叫作"尤加烈"的巨大陨石，即将击垮中心城的防护层，燃烧着大火极速坠落。中心城自卫队已经全数出动，配备了最优良先进的装置，势必要为这座城市保驾护航。毫无疑问，他们失败了，否则也不会有塔西雅登场了。

塔西雅后来悄悄告诉我："其实当时，无论谁伸出手来，都能够阻止尤加烈。但是没有人愿意。"

"为什么是你？"我问。

"我别无选择。"塔西雅垂下了眼，"我的身后站着羽先生，所以我必须要伸出手，无论结果如何。"

尤加烈击穿了三层城市外围的保护膜，自卫队用盾织成牢不可破的网，在来自宇宙的压倒性力量面前也变得不堪一击。它落地后没有停在原地，也许是路面硬化做得太好，总之尤加烈沿着公路疯狂滚动着，吞噬了所经之处的所有建筑物。街上人心惶惶，暴乱在一瞬间爆发。是塔西雅终结了闹剧，在中心城和乌尔街交界的荒野里，她瘦小的身躯拦在尤加烈这块庞然大物前的照片，登上了中心城杂志的封面。

塔西雅的左臂当场报废，她用右臂给我发了那条信息。

于是，她一跃成为万众倾慕的明星。

代言请求络绎不绝地来了，无数科技公司主动提出要为她提供新的手臂，甚至为表诚意，有一家财团针对本次尤加烈事件，为塔西雅推出了"孤独英雄"系列硬件，能够使她得到一次犹如脱胎换骨般的新生。阿道夫的拳头捏得咯吱咯吱响。他的手老化得厉害，需要经常上润滑油，否则指关节很容易锈死。

乌尔街令世界大吃一惊。

羽先生预言成真，可他看起来并不高兴。

然而，更让人意想不到的是塔西雅在镁光灯下游走了数月后，毅然决然地回到了乌尔街。除了更换了那条被尤加烈报废的手臂，她谢绝了所有生物科技公司的投资。

阿道夫的情况越来越糟糕，自从安上那只奇怪又昂贵的耳蜗，他总会听见奇怪的声音。有时是一个嗓音尖利的女人没完没了的说话声，有时是飞船点火的发射声，有时是纷杂的电流声，还有时是海潮起伏的波涛声。他清醒的时间越来越少，在混乱的声音中终日徘徊，自说自话着喋喋不休，甚至还会和自己吵起来。

他无数次在大家一起午餐的间隙，突然摔了手里的东西，而后昂首，情绪激动地破口大骂。

羽先生说没有办法再把那个东西取出来了，以他目前的技术，阿道夫很有可能会因为大脑中枢紊乱休克而死。在植入前，他已经将风险告知过他，可阿道夫还是一意孤行，羽先生只有尊重他的意愿。

"这是一场他和自己的战争，没有外力能够帮助他取得胜利。"塔西雅说。

"我知道。"我低低地应声。

"可惜，他就要输了。"塔西雅惋惜地看了看我，我猛然发现，她已经能够与我平视。

塔西雅暗橘色的头发已经很长了。她还是不漂亮，一点儿也不精致的五官，看上去呆板得可以。但那双眼睛里闪烁着奇异的温柔的光，足以弥补她所有的面部缺陷。

"为什么选择回来？"我问，"回到乌尔街，这永远没有翻身机会的铁匣子。"

"我不需要翻身，我始终仰面朝天，看着太阳。"塔西雅说。

超出预期的答复，我的脑袋里只剩下空白，连生存的资格都即将被剥夺，谁又会去想自己朝向哪里呢？

"更何况你在这里。"她继续说，"小玫瑰。"

塔西雅咧开嘴笑起来，露出用清水反复洗过的洁白整齐的牙："为我盛开吧。"

我心口一震，难以言明的情绪骤然翻涌。从未感受过亲缘关系的我恍惚地想，这是否也可算作羁绊？那支为我的十五岁增光添彩的塑料玫瑰。火红的、残缺的花瓣，插在捡来的透明玻璃瓶里，稍不留神，就已经让那么多苍白单调的岁月渡过了时光的河。

"塔西雅，你本不该……"我尚未忘记自己对她的奚落，窘迫地拒绝着她的好意。

"我在推着尤加烈的时候，有一瞬间，把羽先生想成了你。"她说，"就像你无数次对我做的那样，饼干和拳头。所以我报之以玫瑰与希望。我没有你那么聪明，我的思考模式仅此而已，就这么简单。"

"太聪明了也不是什么好事。"她若有所思道，"我常想，假如你能够再坦诚一点、圆滑一点，会不会少走很多弯路，少吃很多苦？"

"你喜欢阿道夫。"塔西雅一语道破。

她一点儿也不傻。

"不是喜欢。"我尝试着让自己更坦诚一点，"好吧，或许曾经是。"

"我在吻生之礼长大，当它还不叫吻生之礼的时候，我被一个拾荒女人捡到。捡到我不久后，她就吃坏肚子死掉了。这是司空见惯的事，连怜悯这种心态都显得奢侈，大家见怪不怪。没有人关心不能创造价值的人的死活。在学会走路的同时，我学会了怎样去抢夺；在明白更多大道理之前，我先明白了最有效的沟通方式是流血。宛如未开化的史前野兽，两个衣衫褴褛的人会为了一块老化的电路板大打出手。

但嘲讽的是，在吻生之礼内部，有着近乎严明的等级制度。"

"譬如清道夫。"塔西雅接话道。

"对。"我说。

"大家是被中心城遗忘的渣滓，喝着廉价的酒精勾兑物，中毒毙命也不足为奇。一边在醉酒之后诅咒唾骂着抛弃了大家的中心城冷血无情，一边近乎完美地复制了中心城的阶级结构。荒唐吗？他们憧憬着成为呼风唤雨的大人物，做着那样遥不可及的梦，统率着一支浩浩荡荡的捡垃圾的队伍。

"我混在其中，冷眼相待所有人。

"阿道夫是例外。他——当他还算是他的时候，我唯一愿意亲近的就是那个清秀怯懦的男孩。他读过几本书，全是捡来的残破诗集，认不全字也没关系，他会跑很多趟，去问羽先生。然后借着黄昏火烧似的残阳，教会我，我们逐字去念。

"记忆里的羽先生就是个老人家了。他戴着一副银边的单片眼镜，虽然衣着很朴素，不过看起来就是跟其他人不一样。他不怎么笑，可大家都很喜欢他，或者说，是尊敬他。羽先生有着和乌尔街格格不入的气质，那是贫穷的生活无法铸就的用金钱堆砌的风度。

"我和阿道夫一起长大，在长大的过程里，我逐渐对他有了好感。'漫长的陪伴'，这个条件非常苛刻，没有几个人可以复制，就像我不会回到五岁，让人生重来一遍。

"好感这东西太轻、太薄，恍若空中楼阁，在我毫无知觉的时候铢积寸累，生根发芽。每一次接触，都为这份喜欢添砖加瓦。我爱上他，在十五岁盛夏的午后，他直起腰来，抬手拂去额角的汗珠，然后察觉到我的视线，对我温柔地笑了。那幕画面令我魂牵梦萦，以至于我念念不忘地记到了今天。塔西雅，如果你也喜欢过别人，就一定会明白，刹那耳根滚烫的感觉。你总是不由自主地看向他，眼睛像是没处放，除了漫无目的地东张西望，就是看他，看他，看他。

"他蓝色的眼睛，容纳着天空、大海，一座珍贵的蓝宝石矿场，一个冰雪覆盖的洁白冬天。我渴望触摸它……你知道，现在没有那个机会了。他永远失去了它，连同我也一齐失去了它。我甚至不敢保证，阿道夫的身体里住着的灵魂，究竟还是不是阿道夫本人的，我太久没有和他说过话，那张脸使我感到陌生。他仿佛一个巨大的人形机器，浑身都响着机械腐朽后令人牙酸的咯吱声。他脚步沉重地从我面前走过，我只能闻到让人无法忍受的浓郁的机油味。我的好感在他的改变中一点点消弭，直至最后无踪无影。

"我喜欢有温度的人。但这样有限的生命里不会出现第二个蓝眼睛的阿道夫，供我安放那样的感情。听说中心城的富豪，是不会接受机械移植的，只有盲目渴望着科技的穷人，才会一味把那些合金产品急不可耐地一股脑安在自己的身上。现在说这些又有什么用呢？就连我自己也接受了电子设备的植入。我的右手手腕里有一个传呼机，十五六岁的时候和吻生之礼其他赶时髦的年轻女孩一起，让羽先生放进去的。它并没有给我的生活带来什么太大的改变，阴雨天还会隐隐作痛。我怕疼，所以没有再接受那些硬件移植，只好眼睁睁地看着身边的人渐行渐远，变得越来越不像他们。

"对此，我无能为力。

"你问我喜欢吗？塔西雅，我喜欢的人已经成了一个废土科技加持下陌生的怪物，我不敢再说喜欢了。穷人的喜欢真廉价，反正也没有人在乎它。"

塔西雅没有立刻回答我，她眨了眨眼，抿了抿嘴唇，像是在思考。

"你知道吻生之礼是什么意思吗？"她问。

"不知道。"我回答。

"即'亲吻生命的馈赠'。"她说，"撇开人性丑恶与无法自主选择的身世，中心城和乌尔街的人没有什么不同，我们都是生命的馈赠。这是羽先生取名的初衷。"

我呆了须臾，尖刻地评价道："好名字，用在这里真是浪费了。"

拿着那笔杂志封面丰厚的酬金，我和塔西雅搬进了乌尔街的公寓。远离潮湿的群居环境，是个良好的开端。

当务之急是思考出离了捡垃圾这条谋生渠道，我们还能做些什么去维持生计。

这和与吻生之礼决裂没什么区别，我走时，阿道夫就躺在露天垃圾场的公路边昏睡。在此之前，他的那只蓝色的独眼就已经浑浊不堪，人人都知道迎接他的是怎样的命运，我没有与他道别。

塔西雅问，会难过吗？要去和他说几句话吗？

我摇了摇头："太累了。"

我现在只想找个地方痛快地睡一觉，然后醒来吃点没滋没味的压缩饼干。

她似懂非懂地点点头，没有再勉强。

当我们搬进公寓半年后，塔西雅从羽先生的口中得到了阿道夫的死讯——他在濒死的那几天，彻底陷入了疯癫。暴斥那个在他耳边说话的女声闭嘴，惊惶地跪在地上祈求神明饶他一命，时而涕泗横流，时而扯喉大笑。最后，他拉扯着身边人的衣领，吐字不清地说，潮汐女神承诺宽恕人类。

阿道夫孤身一人跌跌撞撞地离开了乌尔街，一头扎进了距离乌尔街几百公里的海里，没有再爬起来。

除了阿道夫的死讯，塔西雅还为我带来了羽先生的口信，他说希望见见我。

老头还是记忆里的那副模样，他好像不会再继续变老了。似乎看出我的疑问，羽先生指了指他面前的藤椅："我就是为此而叫你来。"

我坐了下去，直视羽先生藏在镜片后锐利的目光。他没有理由对我解释自己所做的一切，可是沉默太久会在胸腔里长出寂寞的青苔，他憋那些话憋了不知多少个年头，选择告诉我，是因为他已时日无多。

"你本可以带着那些肮脏的秘密下地狱。"我说。

"的确如此。"羽先生没为我的无礼恼怒，他微微一笑，笑容很干净，甚至有点与他年纪不相符的顽皮。

"塔西雅通透，是远比我更适合听故事的人选。"我指明。

"但我选择了你。"羽先生收敛了笑意，"你和塔西雅的区别在于，你始终知道自己想要什么，不能摒弃什么，该隐忍克制什么。而塔西雅所做的一切，都基于'那么做你是否会开心'和'那么做是否会方便到你'，她是笨孩子，笨孩子有笨孩子的锋利，只需要你的一念之差、一句话，塔西雅会不惜代价为你冲锋陷阵。所以我不会把太重要的事告诉她，她的底线和顾忌只有你。"

"你看得比我更明白。"羽先生话术高明，我缴械投降。

"当局者迷。"他说，"现在我要你去做那个旁观者，来细数我的二十年。"

与吻生之礼相比，他的人生是另一个极端。

羽先生是含着金汤勺出生的少爷。

羽少爷的父亲，是当时的中心城最大的一家制药公司的所有者，公司的名字叫作"岛"。

岛已经在七十年前宣布破产，也就是说，他至少活了一百二十岁。

羽少爷幼时接受了最好的教育，青年时被送去千里之外的另一个中心城，专攻医学。学成归来，他是岛最年轻的实验室研究负责人。三十岁的羽先生意气风发，誓要做出点成绩，让岛成为业界不可逾越的传说。四十岁，他参与了岛的一项绝密计划，并且身为策划之一，他瞒着其他几位负责人以身试药，试坏了肝脏，最后不得已接受了移植。肝脏源从何而来不言而喻，乌尔街是富人们续命的好地方。

计划的具体内容不方便透露，首先名字就不怎么吉利，它叫遗愿。遗愿计划的失败，狠狠地挫伤了羽少爷的锐气。仅仅相隔八年，岛破产了。

破产的原因，羽先生没有说，他的语气平淡而冷静。

一个优秀的医药专家仍是中心城不可多得的人才，无数大公司以天价高薪为条件，向羽少爷抛出了橄榄枝，他接受了。从那之后，他开始了漫长的、为别人浑浑噩噩工作的生活。

财富不能使他拥有活着的实感，从遗愿宣告结束的那一刻起，他就不再是他。他仍保有遗愿计划的完整档案和全套试剂，同时，他清楚地认识到，这个计划再也不可能启动第二次。

"你做了什么？"我问。

"实验。"他精简地回答。

走火入魔的羽少爷违背良心，从乌尔街购买了实验体继续他的实验。但也仅仅是违背良心，因为没有具体的条例和机构，去禁止这样丧心病狂的行为。

只要他乐意，钱可以买到一切。

失败、失败、失败。

羽少爷发觉他进入了一个误区，于是他重头整理了所有的档案数据，耐心地排查筛选了一遍所有的试剂。终于，他找到了那个耗费了他几十年的错，原来有东西从一开始就标岔了。

也就是说，他们第一步就误入歧途了。

从头开始的羽少爷实验进程顺利得不可思议，没有专业的团队，他独自完成了遗愿计划，虽然结局和最初有出入，不过他相信，这是一项惊世骇俗的划时代成果。在召开记者招待会，将实验报告公之于众前，他萌生出了去乌尔街看看的想法。

羽少爷来到了乌尔街。

混乱黑暗的街区，没有城市外围防护膜的保护，酸雨已经蚀坏了乌尔街广场的雕塑。

他原想短暂地逗留，谁知这一留就留了二十年。

那场约好的记者发布会被羽少爷单方面取消了，谁也不知道为什么。中心城人人都说，这个天才医药专家疯了，竟然从此定居在乌尔街那样荒芜落后的地方，再也不肯回到中心城。

羽少爷就这样变成了羽先生。

"为什么这样做？"我打断了他。

"是天意。"羽先生说，"乌尔街带给了我远比中心城所给我更多的东西。它把我希望看见的一切都赤裸裸、血淋淋地展示给我，所以我把遗愿的成果归还给乌尔街。"

"你希望看见什么？"我听得云里雾里。

"欲望，渴求，希冀，人性，善良，杀戮，纯粹的奉献和爱。"羽先生笼统地说，"全部的全部。乌尔街要比中心城真实得多，也鲜活得多。这里才是人居住的地方。"

"遗愿的成果又是什么？"模糊之中，我已经有所预见。

"你真的相信塔西雅会徒手接住尤加烈？"羽先生的脸上浮现出了扬扬得意的自信，这样孩子气的神情使他看上去年轻了不少，"我挑选她成为遗愿的第一位享用者，她是真正担得起吻生之礼这个名字的人。可让她如获新生的人并不是我，是你。"

"通俗来说，她珍重你，在乎你，喜欢你，爱你，对你有一种近乎偏执的保护欲。"羽先生说，"常年吃压缩饼干的人，吃一次千层饼就会再也忍耐不了压缩饼干难以下咽的滋味，而塔西雅不一样，她是心无杂念的人，她唯一的执念是你。选择她，是为了遗愿的特殊能力不被滥用，你不会知道这项专利一旦卖出去，那些毫无人性的大老板们会拿着它去做什么。"

"你就够毫无人性了。"我挖苦道。

"是的。"他竟没有否认，"所以我会带着遗愿的所有秘密与世长辞来赎罪。除了我，没有人能复制出第二台这样的手术。倘若尤加烈是神掷向人间的试金石，塔西雅就是通过了这场试炼的命中注定之人。会爱的人才懂得如何使用力量，这是乌尔街教会我的、最宝贵的一点。"

"假如塔西雅没有选择接住尤加烈，事态会怎样发展呢？假如塔西雅接住了尤加烈，却没有选择再次回到乌尔街呢？"我知道这是个悖论，忍不住还是问出口了。

"她会死。"羽先生冷酷地说，"没有接住尤加烈，我们两个都会死。"

他顿了顿："接住了尤加烈，但是没有回到乌尔街的可能性，也是我的预计之一。中心城纸醉金迷的日子会让她迷失。一个徒手接住了陨石的女孩，等到中心城的新鲜感过去，她又能做什么呢？去马戏团胸口碎大石吗？昔日的英雄穷困潦倒地死在中心城湿冷的小巷，这样的新闻在过去百年里屡见不鲜。"

回到乌尔街公寓，塔西雅正在照顾一束花。

令人惊奇的是，这次的花不再是塑料布编制而成的假花。她全神贯注地把它们插进一只细颈的长瓶里，听见了我的关门声，她害羞地对我说，这是送给我的礼物。

低下头凑近它，可以闻到一股清淡的芳香。

"哪里来的？"我欣喜地问。

"摘的。"塔西雅说，"它开在乌尔街人迹罕至的街尾，砖缝里，小小一簇，看见它的那一刻，我怀疑自己眼花了！这是一个奇迹！"

我对这束鲜活的生命爱不释手，闻了又闻。尽管如此，塔西雅还是敏感地察觉到了我细微的情绪变化，她装作漫不经心的样子问道："心情不好吗？"

"呃，大概也不算。"我含糊地说。

"羽先生找你有什么要紧事？"她问。

"和我商量，如何挑选出一个能够拯救世界的超人。"我说。

塔西雅没有怀疑，憧憬地哦了一声，然后追问道："那么，选出来了吗？可以推荐自己吗？你们觉得我怎么样？"

"嗯，你觉得自己能够胜任吗？"我装腔作势道，"和别人相比，你有哪些优势呢？"

"我……"塔西雅不假思索地开口，只吐出一个字就刹住了。她看上去非常苦恼，想了想，她说，"还是你去吧，你比我更适合成为拯救世界的那个人。"

这倒让我有些讶异了。

"为什么是我？"我脱口而出。

"小玫瑰会让世界开满玫瑰。"她说。

"我遇到背信弃义的人，自私自利的人，阳奉阴违的人，依仗着自身优势恃强凌弱的人。可我不得不和他们打交道，我那么没用，不能与之抗衡，甚至必须要和他们同吃同住。当我焦虑恐惧，就会饿。因此我时常感到饿，饥肠辘辘的煎熬，贯穿了我意识清醒的大部分时间，饥饿感提醒我，我还活着。可是不断地进食并不能带给我饱腹感，只会让我更痛苦。我知道自己是笨蛋，我连哭都不会。我讨厌这样，也不想过这样的生活。"塔西雅谨慎地措辞之后，严肃地对我说，"我憎恨这个时代。"

是憎恨。

不是程度轻微的"不喜欢"，也不是稍微考究一点的"厌恶"。而是憎恨。有着浓郁的抵触心理，我从未触碰过这样有着分明棱角的塔西雅。她在记忆里总是微笑的模样，尽管她并不漂亮，但不得不说那样明亮的笑容点燃了我无数个黯淡无光的午后。

"可是后来，我突然想原谅它了。"她说，"乌尔街没有纯粹的黑和白，乌尔街是灰色的，房屋是灰色，雨雪是灰色，这里的人也是灰色的。但你是斑斓的。毫不夸张地说，你为我单调的灵魂上了色。对你来说是举手之劳的事，我一直不敢忘记。你永远不知道自己善意的无心之举，拯救了一个在深渊边缘摇摇欲坠的女孩。"

"我喜欢你，想要和你共同生活，拥有一个更远更有意义的未来。"她坦然地直视我的眼睛，"我不会让自己变成另一个科技加持下陌生的钢铁怪物。所以你也可以放心喜欢我，因为我将一直是我。至于拯救世界这种空泛的虚名，我不要。"

"从亲吻开在乌尔街公寓里的玫瑰开始。我要先从乌尔街救起，先从一束开在巷尾的野花救起。让没完没了的酸雨和栖息在露天垃圾场的流浪者联盟见识一下这份决心。"塔西雅说，"吻生之礼不只是一个冠冕堂皇的名字，一个空喊不歇的口号，一个愚蠢的阶级固化的组织。它属于每个人，每一寸阳光土地，属于我，也属于你。我们都是馈赠，所谓穷人生育是在繁殖灾难，不过是时代强加给受害者莫须有的罪名。既然一定要有个中心城，那么乌尔街为什么不可以是另一个中心城？"

　　她的眼睛里仿佛装着太阳，一个大胆而疯狂的想法正在悄然开花。

　　这或许就是羽先生的预谋，爱和力量为乌尔街诞生了新的领袖。

　　"塔西雅，你所希望的明天有什么？"我不动声色地牵起她的手。

　　"你读过的诗集里的一切。"她说，"不再强说浪漫的浪漫，不再自我欺骗的温柔。最重要的是，有你，有我们。"

丑角

CHOU JUE

未来篇 WEI LAI PIAN

一

蓝烨的怪病初现征兆是在他八岁那年。

搬家公司的大卡车抵达泠阳城时刚入夜，天正下着小雨。蓝烨撑着伞为蹲在地上理箱子的父亲挡雨，他穿着父亲蓝柏英肥大的工作外套，两眼紧紧盯着自己握着伞柄的手指，因为缺少维生素和纤维摄入，他的指甲盖边缘翘起了一根肉刺，一碰就生疼。

母亲离家之后，蓝烨再也没有吃过一顿像样的饭。那个女人决绝地结束了她和蓝柏英的婚姻，连着蓝柏英的魂，一起锁进那只窄窄的行李箱带走了。忽然卷起的夜风挟着细雨扑打在蓝烨光裸的小腿和膝盖上，他打了个寒战。从炎热的南方城市穿来的短裤，显然已经不适合北方寒冷的早秋了。

"爸爸……"蓝烨迟疑地叫了一声，希望蓝柏英能够允许他回到温暖的车上躲躲，可他咽下了请求，什么也没说，一时空旷的马路上只剩下淅淅沥沥的雨声。

他敏锐地感觉到蓝柏英在哭。

那是蓝烨记忆里绝无仅有的黑暗与寒冷兼存的日子，朦胧的路灯照不透的驾驶室里，搬家公司派来的司机戴着顶卡其色的鸭舌帽，像一尊石像压在车窗后一动不动。

他打着伞忍着风吹，看蓝柏英极力克制却仍不住抽动的肩膀。眼角的余光不由自主地飘向死气沉沉的驾驶室，他懵懂地体验了人生中第一次令人绝望的溺水感。

当父子两个齐心协力卸下所有家居用品，已是后半夜了，蓝烨和蓝柏英潦草地用温水洗了个澡。躺在床上用被子裹紧自己的一刹那，他的右腿膝盖骤然剧痛起来。

阴雨绵绵的天气难见晴天，青苔霉斑从泠阳大街小巷的屋檐下爬出来，从拼接得并不整齐的小公园石板路边缘爬出来，从卷了皮的木质书柜中摆放着的忘记翻晒的旧书页里爬出来，也从蓝烨的膝盖骨缝隙里爬出来。

发病的当天夜里，他梦见一个长得很奇怪的女孩子。

虽然说是个女孩子，但他更愿意用蜥蜴去形容她，因为她有双玻璃球似的金灿灿的眼睛，如冷血动物的一般。腮边和脖子上还有宛如苔藓的墨绿色鳞片。蜥蜴脸保持着不近不远的距离和蓝烨对峙，始终不肯靠近他。

蓝烨在梦里也是痛的，在那样一言不发的沉寂里，他和怪人面对面站着，痛了一夜。

第二天一早，蓝柏英带蓝烨去儿童医院看病。医生对着蓝烨看上去没有任何异样的右腿敲敲打打，检查不出病因。听过描述，为难地开了些钙片，说是小孩子长身体的生长痛，加上穿得单薄吹了冷风，关节受寒了。

就此，蓝烨的"生长痛"再也没有结束过。

温馔玉在嫁给蓝柏英之前，是泠阳这座小县城里有名的美女。她原本在泠阳最大的市场边上开了一家花店，但生意不好，于是二话不说，把花店改成了卖熟食的。

有理想也可以活得很现实，温馔玉是头脑清醒的典范，她证明了女人也可以拥有犀利理智的投机眼光。

蓝柏英从前是温馔玉花店的常客。鲜花这东西花期很短，卖不出去就会烂在盆架里，但是温馔玉很少为此而头疼。那个高大的男人会在每个星期四的黄昏准时出现，拿出身上所有的钱买她的花。胡乱指几样，一大捧，他笨拙地抱着花付钱，不敢看她的眼睛，然后推开门，踩着几乎要隐进地平线另一端的残存余晖离开。

小地方没有秘密，她知道这个英俊的男人姓蓝，因为他外婆是俄罗斯人，所以他有一双颜色很淡的眼睛。他并不是土生土长的泠阳本地人，外公也许是，不过这都不重要了。

熟食店开张的第一天。由于店铺位置佳，温馔玉手艺好，价格便宜分量还足，生意超出预计的火爆，温馔玉和两个帮工手忙脚乱，恨不能生出三头六臂。长队一直沿着街边的人行道排了出去，蓝柏英形单影只在门外徘徊了很久。最后，闹哄哄的人潮散去了，帮工也结伴离开了，剩温馔玉一个人坐在空荡荡的食品柜旁点账时，蓝柏英终于下定决心进来了。

"明天再来吧，现在什么也不剩下啦。"温馔玉抬起头，看见是他，笑意盈盈地指了指空盘空秤，"你要是下午那会儿就进来，我就给你留着啦。"

"我不是来买东西的。"蓝柏英生硬地说。

温馔玉不接话了，隔着透明的食品柜笑着望他，等他的下文。蓝柏英本就不善言辞，是单位出了名的石头。这样安静的气氛让他有一点儿害怕，但他还是鼓足勇气说："花店太久没开了，我想看看是不是换人了。"

"看了一下午，现在看见了？"温馔玉直白的话问得人面红耳赤。

"看见了。"蓝柏英呆呆地点了点头，挠挠后脑勺，满脸通红愣是一个字都没憋出来。温馔玉被他逗乐了，她低下头耐心地把皱巴巴的钱一张张叠好，留出第二天找零的钱锁在柜子里，剩下的全都装进了手提包。

"我还以为再也见不到你了。"蓝柏英见她是要关门下班的架势，怕再瞻前顾后就什么都来不及说了，于是赶忙抢话道。旋即后知后觉自己多少有些口不择言，窘迫地闭上了嘴。

然后他就听见温馔玉说："其实店里还是剩了点东西的。"

"我买，我买。"他喜出望外，立即应声。

她笑得很开心，唇红齿白的明艳笑意恍了他的神。温馔玉说："还剩下我。你要不要？"蓝柏英瞠目结舌。

追着二十世纪后十年的尾巴，温馔玉和蓝柏英确定了恋人关系。

三

蓝烨瘸着腿走过泠阳偏僻的小巷，他知道那群小男孩从学校起就跟着他，已经跟了他一路。本来只有两三个，现在有五六个了。

泠阳只有两座小学，隔得不远，一到放学时间，学生们便如洄游的鱼在主干道上不约而同地汇集，走过一段路，再骤然化作星点，四散溅落向分布在县城各个角落里。

他们把他走路的姿势编成不押韵也不顺口的打油诗，似乎只是单纯为了侮辱他，又唱又跳，好不快乐。

蓝烨咬了咬牙，忍不住甩掉了书包回身，两步助跑攒劲儿，利索地冲了上去。伴随着一阵"他的腿是好的！""快逃呀，他可以跑！"的惊呼，躲得最慢的小豆苗被蓝烨一通猛虎下山狠狠扑倒，两人登时拧成了一根麻花。

八九岁的年纪打架，就和闹着玩儿似的。可蓝烨的拳头二话不说就冲着小豆苗的鼻梁骨挥去了，鼻血淌下来时，小豆苗任凭蓝烨揪着他的衣领，放弃挣扎躺在地上伤心地哭了，尖厉的哭声好像在蓝烨的身上也割开了一道伤口。他松开小豆苗，踉跄着站起来去捡自己脏兮兮的书包，右腿膝盖又是一阵绵长的钝痛。

他一瘸一拐地走了，这回身后再也没有人敢唱歌了。

蓝柏英后来提了两桶清油，去小豆苗的家里赔礼道歉。

小豆苗一家住在一栋破旧的砖瓦居民楼里，楼道阴暗腥臭，蓝烨后背抵着墙借力，用左腿撑着身体缓解膝盖上砭骨难耐的奇痛。

门开了，刺眼的白光从居室内投进漆黑的楼道，沐浴着那束光，蓝烨看见蓝柏英不住点头哈腰的背影。

他实在太高大了，即便不断鞠着躬，看上去还是比小豆苗的爸爸要高一点。后者则一边客气地说着场面话，一边接过了蓝柏英手里提着的油桶。

蓝烨厌烦地扭开了头。

四

温馈玉是完美的女人。

这样能吃苦，能赚钱，长得漂亮还温柔贤惠的女人偏偏嫁给了一个外来户，两人结婚的消息传出来，泠阳多少适龄青年都妒红了眼。

婚后的生活平淡极了，温馈玉和蓝柏英都不是追求刺激的人，他们稳定地相爱。

蓝柏英升了职，温馈玉的生意越做越大，两口子的日子过得有滋有味。蓝烨的降生，则让这个温馨的小家庭变得更圆满了。温馈玉的事业心很重，即便如此，她仍在下班后包揽了蓝烨所有的琐事，巨细无遗。

幼儿园要求小朋友们准备手绢，数蓝烨的最漂亮。那是温馈玉专门买了白料，请教年纪大的阿婆，从零开始，学着那些精细活，给他刺上栩栩如生的彩色小动物。

在蓝烨上小学之前，温馈玉决定把店开到更大的城里去。为了支持妻子，蓝柏英毅然选择了辞职陪同。

可离开了泠阳，蓝烨的记忆就断了。

他从四岁到八岁的四年记忆，都像是被人抽走了，空白一片。任凭如何去想，干涸的池塘里除了淤泥，再也搅不出其他内容了。残余下一些模糊的影像，怎么也无法组织成连贯的画面。他只记得温馈玉在哭，客厅的窗大敞着，地上是摔得七零八落的玻璃碎片。

温馈玉是很少哭的，结婚这么多年，蓝柏英从来舍不得让她哭。

她没有抬头，脸埋在掌心里，带着浓重的鼻音哄道："烨烨，你去睡。"

蓝烨听话地点了点头，虽然温馈玉看不见。他躺在床上，抱着布偶娃娃很快就入睡了，之后传来的关门声、争吵声、好几个男人女人叽叽喳喳交织在一起的议论声，宛如涨落的潮水时起时静，更像一场虚幻的梦境。他好似被魔住了，满头大汗。

然后，三个人的家里乍然只余下了两个。

变故衔接得如此突兀。再有记忆，就是那场八岁时重返泠阳城的倾盆大雨了。

蓝柏英在卡车的车室里摸了摸蓝烨的头，蓝烨转过脸，视线透过车窗——泠阳和四年前的泠阳并无不同，但早已大不相同。

临走前温馔玉的眼睛通红，她反复抚着蓝烨的头顶和肩膀，对蓝烨说："妈妈过段时间就去接你，好不好？"

这一等就再也没个边。

五

蓝烨再次梦见蜥蜴脸，是十五岁的时候了。

右膝痛了七年，他就瘸了七年，蓝柏英带他看了七年医生，各种土方法也用了不少。温馔玉远在上海得知此事，几次三番托人从国外找了特效药给蓝烨，但都收效甚微。

渐渐地，蓝烨发现了一些无法言明的规律。

当他遇见收了礼金就区别对待的接待处办事员，在街头巷尾搬着小板凳无所事事乱嚼舌根的女人，围着流浪狗殴打找乐的社会青年，还有当街推倒妻子再补上一脚，满口污言秽语的粗暴男人时，右膝就会像被石板压住的泉眼，忽然让人用铁棍悍戾地撬起了一角，喷涌出难以遏制的痛感。

发作得最厉害的一次，是在那年冬天放学的途中。

那个衣衫褴褛的老头卧躺在泡沫板和麻袋堆砌成的垃圾床上，为他遮蔽风雨的，是住在一楼的人家阳台窗外用作堆杂物而延伸出来的废弃木板。

蓝烨冒着细雪吃力地走，原本以为这是个流浪的老人，没有特意留神。可接下来令他诧异的事发生了：一楼的阳台窗户蓦地叫人推开，伸出一颗年轻的头。头发是时髦的棕色，还打了两个卷，男人压低声音，叫了声爸。安静了两秒，有馒头从那个窗口丢了出来。

顷刻间，入髓的疼席卷而来，冷汗顺着蓝烨的脊梁骨当即沁了满背，湿透了里衣。他打了个趔趄，尽力稳住自己，没有摔倒在雪地里。

"这样会冻死人的。"

他躬下身，微微张开的嘴打了半天战，却怎么也说不出这句话。疼过了劲，右腿已经有些麻木得不听使唤了。

"没事吧？"一只手猝然从他背后伸过来，一把搀住了他的胳膊。蓝烨错愕偏头，是个陌生的女孩，看上去年龄与他相仿，穿着泠阳高中的蓝白校服。

"你怎么了？"她问道。

"生长痛。"蓝烨自嘲似的笑了笑，"没见过吧。"

"痛成这样的真没见过。"女孩也笑了，"还能走吗？"

蓝烨摆了摆手，示意她自己能行。她也不勉强，大大方方地松开了手，隔着几步，始终不远不近地跟着他。

这是蓝烨和陆仰的第一次见面，他有些狼狈，可陆仰告诉他，他跟她听见的传闻一点也不一样。

"你都听见什么了？"蓝烨好奇道。

"不告诉你。"陆仰神秘地笑起来，"有些人嘛，不仅坏，而且无聊，泠阳人更是如此。"

因为日子安定富足，没有大的人生方向，所以人又闲，想象力又丰富。为了挥霍时间，就喜欢编别人的故事。从另一张嘴里传出来的"小道消息"可信度已经大打折扣了，何况是从无数张嘴里多次加工后的产物。

"说你夜深人静的时候有四只眼睛九个头。"陆仰俏皮地吐了吐舌头，开玩笑道。

"没有九个头，但是有四只眼睛。"蓝烨说。陆仰乐得四仰八叉，不过他是认真的。

剩下两只眼睛是蜥蜴脸的。

蓝烨印象深刻，八岁那夜，蜥蜴脸带着诅咒般的痛觉在梦中和他对望彻夜。

十五岁，她又来了。

这回，蜥蜴脸说话了，她温柔又平和地问蓝烨："你想交换什么？"

（六）

蓝柏英抬起头，最后一次回望朝夕相伴了数年的破旧办公大楼。新入职的小文员抱着箱子经过他，热情地对他打招呼："蓝老师，有空回来看看。"

他笑着点点头。办离职手续的工夫，足够他把工作的这些年在脑子里过一遍。东西早几天就已经搬得差不多了，两手空空的蓝柏英忽然感到一阵从未有过的寂寞。工位上落下了他的一只不锈钢保温杯和几本工作记录，旧同事推开窗大喊："柏英，你忘东西啦。"

他用手挡着眉，极力眯起眼向上看去，声音不急不缓地回道："扔了吧。"

扔了吧。这三个字成了蓝柏英近几年来最常说的话。

温馔玉说，家里衣裳还多，凑合凑合还能穿。可是街头那家卖南洋衣服的店又上货了，喜欢得很，想买，蓝柏英便说，想买就买，扔了吧。蓝烨紧紧攥着旧玩具，眼巴巴地看着其他小朋友手里时髦的新玩具时，蓝柏英便说，烨烨，爸爸给买新的，扔了吧。最后轮到蓝柏英自己了，他除了那个不锈钢保温杯和几本工作记录外什么也没有了，他仍说，扔了吧。

如果想要得到什么，就必须扔掉等价的物件作为交换，深谙这个道理的蓝柏英扔掉了太多属于自己的东西。他从来不是个爱争抢的人，性子温和得有些懦弱，能够娶到温馔玉，在他看来是提前透支了好运，因此他从不敢在断舍离上有丝毫犹豫。别人要什么，他都痛快地给，生怕自己太贪，老天一个不顺心，把温馔玉从他身边夺了去。

所以，当温馔玉流着眼泪对他说"柏英，我们到这里就算了吧"的时候，蓝柏英想不明白，明明他已经抛下了那么多，为什么最后还是没有留住她？

回到泠阳的当天，他得到了温馔玉孤身一人去了上海的消息。蓝柏英看着儿子，蓝烨继承了母亲的美貌，眉眼都秀丽得和温馔玉如出一辙，他蹲下身去整理木箱，蓝烨乖巧地打着伞站在一边，他猛地想起了四年前离开泠阳前，温馔玉问他做了那么多年的工作说辞就辞了，会不会心疼。

蓝柏英说那有什么好心疼的。

在爱面前，没有例外，万物都须为爱让路。

温馔玉踮起脚一口亲在他脸上，蓝烨跳着喊爸爸脸红，爸爸羞羞。那样的日子似乎一去不复返了。将近一米九的男人躲在儿子撑起的伞下，情难自抑地哭了起来。

七

　　泠阳有一家儿童疗养院。陆仰抽空在那里做义工，蓝烨也去看过。病房不大，每间安置了三张床，孩子们白天都闹哄哄的，只有医生和护士们拖着一张医用轮床进来时，他们才会骤然安静下来：这意味着有人要被带走了。

　　其中最讨人喜欢的小女孩叫小熊。姓褚，大名不清楚，陆仰叫她褚小熊。不到十岁，已经病了很多年，扒在窗台上，看见陆仰来了就会探头出去兴奋地喊姐姐。

　　常年生病的缘故，小熊看起来非常瘦，所以一双乌黑的眼睛显得格外的大。在查出来有病的第二年，小熊的爸爸妈妈又生了一个孩子，从此再也没有来过医院，只有小熊的爷爷依然疼爱她，每隔一段时间就会来看望她，给小熊带漂亮的衣服，还有饼干果冻之类的小零食。但是小熊的身体状况太差，早就不能吃了，她偷偷攒下来，全都送给陆仰。

　　蓝烨和陆仰同校，两人是同级生。

　　借他怪异的走路姿势的光，蓝烨从小学起就声名远扬。不过有名的不是他标志性的腿脚不好，而是他一副病恹恹的样子，还打趴了三个高一刚开学就围着他开玩笑的学生。自此一战成名，更没有人敢接近他了，陆仰成了蓝烨唯一的朋友。

　　蓝烨和陆仰在一起总是感到轻松，她常和他讲疗养院里面的孩子。

　　有个得了血液病的小男孩，在枕套里偷藏糖果，一直舍不得吃，最后被小熊抖出来，和孩子们分着吃了，小男孩气得跺着脚号啕大哭，陆仰用了两颗亮晶晶的弹珠才把他哄好；有个先天性心脏病的女孩，病症严重，很难治，她老羡慕能跑的孩子，她不能跑，于是她对陆仰

说如果有一天，可以成为云的脚就好了，跟着风四处跑，跑到喜欢的地方，就下一场雨。

陆仰专门拿了个巴掌大的笔记本，在上面载满了小朋友们的愿望。小熊的愿望是病好以后回家看妹妹，小熊的妹妹已经三岁了，她一面也没有见过。

在疗养院里，蓝烨右膝的痛感会奇迹般地消退，变得微弱，更有甚时会直接消失。他明白，是这里身患绝症的孩子们暂时疗愈了他右膝怪异的病变。

他蹲在地上为小熊系鞋带，小熊趁陆仰不注意，小人精似的悄悄贴耳问他喜不喜欢陆仰。

蓝烨平静地说："喜欢。小熊有多喜欢她，我就有多喜欢她。"

得到答案的小熊心满意足地笑了。她还不能分辨人世间多种多样的"喜欢"，但是有人能和她一样喜欢陆仰，她就觉得开心。

一旁的陆仰探头，奇怪道："你们高兴什么呢？"

小熊古灵精怪地吐吐舌头："这是小熊和哥哥的秘密。"

八

蓝烨和蜥蜴脸在梦里达成了交易。

他自始至终都不敢确定，之后发生的所有事，是否和这场交易有关。在梦里，蓝烨说，他希望温馔玉回来。

蓝烨受够了父亲端详着一张母亲的旧照片彻夜不眠的生活。蓝柏英本就寡言少语，捧着张印了人像的薄纸片，他失魂落魄，痴痴地盯，盯着盯着，就开始笑。那样愉悦的笑声太过惊悚反常，时时在午夜惊醒蓝烨，他躺在床上，拳头捏了又捏。

蜥蜴脸开口说话了，她的舌头亦如蜥蜴，深色、细长、尖端分岔。

她说："没问题，不过事情必不可能如你祈盼的那样圆满顺遂。既然是交易，有所得，必将有所失，你能不能接受这样的代价呢？"

他用七年的漫长疼痛换取了一次交易的机会，还有什么代价是他不能承受的。

蓝烨果断地给出了他的答案。

蜥蜴脸乐不可支，她笑嘻嘻地鼓掌，原地转了一圈，她说："真有意思。我保证，你所期望的人会回来。还是说，你代替许愿的那个人，他所期望的人会回来呢？"

梦里的蓝烨难以置信地瞪大了眼。

同年深秋，蓝柏英连续数月身体不适，日渐消瘦。当冷阳的第一场雪降满这座小城，他终于肯听蓝烨的话，去大一点的城市里做个全套的身体检查。

临走之前，他给蓝烨做好了一天的饭，分好了份装碗，放在冰箱里，叮嘱他放进微波炉热一下就能吃，自己晚上就回来。

而蓝柏英这一去，就再也没有回来，医院传回来的消息是病情不容乐观，留院观察。

蓝烨没有听父亲的话，他站在漆黑的厨房里挖了一勺冷饭，塞进嘴里咀嚼。囫囵下咽后又舀了第二勺。他吃得快且急，冷饭噎人，没吃两口，他扒在洗碗池旁干呕起来。

蓝烨觉得自己被骗了。蜥蜴脸像一个恶魔，用有毒的苹果，引诱着他做出不能回头的选择。可他如何不知道，这么多年的消沉低迷，早就拖垮了蓝柏英，他失去了方向，也丢了自己，行尸走肉般日复一日地思念着温馔玉。

老旧的居民楼隔音效果极差，楼上有夫妻争执的声音，瓷碗砸在墙上的脆响伴随着孩子的哭劝，蓝烨的腿又开始痛了。

疲惫如潮水涌来，淹过了蓝烨的口鼻，他索性就地侧躺在了厨房的地板上，听着楼上的打骂声，楼下热油下锅的嗞啦声，房间里钟表的嘀嗒声愈来愈响，蓝烨仿佛被塞进了一只真空包装袋。

他昏昏欲睡起来，他想要梦见蜥蜴脸，问问她究竟是什么人。可是蜥蜴脸没有来。他梦见了温馔玉流泪的那个夜，很多人叽叽喳喳地交谈，说话的内容渐渐能够听清部分字句了，

温馔玉说："失去契合……疏离……不对等的付出……越推越远……我要带走烨烨。"

短暂地停顿后，温馔玉的声音彻底清晰了，仿佛她就趴在蓝烨的耳边，带着哭腔，吐字坚决。

温馔玉说："我不要你这样。要走的是两条截然相反的路，是的，一刻也过不下去了。"

温馔玉说："错了，错了，你说得不对。你能包容我，也能全心全意地照顾烨烨，但是你独不会善待自己。"

温馔玉说："我相信你啊，就是因为相信你，我们不能继续这样下去。我压力好大，即便知道你不是在勉强自己……柏英，我们到这里就算了吧。"

一群人开始七嘴八舌地商议，最后蓝烨听见了父亲的声音，那是个稳得有些发颤的单字。

蓝柏英说："好。"

九

温馈玉回来操办蓝柏英的丧事。

当天的泠阳是个放晴的好天气。温馈玉从车上下来，和蓝烨隔着几步远的距离，还没等他开口，温馈玉漂亮的眼眸里霎时盈满了泪花。

蓝烨面无表情地望过去，一阵清风拂过，时间向前滑了半分钟。就是这与温馈玉对望的半分钟，蓝烨小时候曾猜想过，他可能会哭，会笑，会推一把僵直到动弹不得的蓝柏英，然后告诉他，妈妈回来了！然而他没有，他镇静极了，似乎在看一个素不相识的人，当朝思暮想的画面成真，蓝烨浸在冷风里，麻木得无动于衷。

较起蓝烨八岁那年姑且还算得上温婉的温馈玉，现在的她看上去更干练了，长发在脑后绾了一个髻，穿了一件看起来就价格不菲的白色大衣，连衣角都熨得平整服帖。耳垂上坠着的金饰，抹得一丝不苟的口脂，踩着锥子似的高跟鞋。温馈玉仍是那张脸，气质却犹如脱胎换骨般使蓝烨不敢相认。

温馈玉又何尝不是如此，她得到了蓝柏英病逝的消息，连夜从国外赶了回来，挺拔高大的蓝烨继承了蓝柏英傲人的身高，然而他陌生冷淡的神态，让她不敢上前。一句亲昵的"烨烨"卡在嘴里，吐不出来。

他们在家门前狭窄的水泥路上对峙，像极了蓝烨第一次见到蜥蜴脸的场景。

打破沉寂的人是陆仰。

前段时间，蓝烨离奇消失了，他很久都没有去儿童疗养院，也不再到学校去上学。

她如坐针毡地熬过了两节课，忍不住向隔壁班的老师打听，得到了蓝烨父亲已经因病住院一个半月的消息。

陆仰左思右想，觉得以蓝烨的闷罐性格肯定把一肚子愁都憋在了心里，特意挑了个周末买了果篮，想去看看他。于是一来，就撞上了这尴尬的一幕。

蓝烨长得与温馈玉太像，不消细想也知道这两人是什么关系。陆仰小心翼翼地叫了声阿姨好，得到了温馈玉的点头致意，她稍微放下点心来，遂两手提着果篮递给蓝烨："不知道叔叔现在情况怎……"

"我爸没了。"蓝烨说。

四个字，言简意赅得让陆仰险些一口气没提上来。温馈玉颇为难堪地别过脸，气氛再度陷入僵局。

陆仰很少听蓝烨提起母亲，或者说，他基本不会对她说家里的事。他是心事很重的人，塞了满腹秘密，忧郁的样子和泠阳的大环境格格不入。唯一一次，蓝烨和陆仰在疗养院的走廊里吹风，没有任何征兆地，他问陆仰："什么能彻底拖垮一个人呢？"

陆仰苦思冥想，给了他许多答案，蓝烨都摇头否决了。适逢小熊哭着闹着不肯打针，凄厉的尖叫声搅得满院孩子都惶惶不安，主治医生为难地摊着手，让陆仰想办法，陆仰二话不说，挽起袖子就往病房里赶，然后她听见蓝烨说，是思念。

她不知道蓝烨的母亲和这个问题的答案有什么关系，可是她知道自己此时不该继续逗留在这里。陆仰垂下眼正组织语言编借口，眼角的余光瞥见了蓝烨隐隐发颤的右腿。她抬起头，他仍稳如磐石地站在那里，与那个身份是他母亲的女人四目相对。

一瞬间，陆仰好像明白了什么。

她在回家的路上心乱如麻地回忆了一遍她和蓝烨相处的所有片段，包括蓝烨安慰那个有血液病的小男孩时说的话："活着就是赢了。"

他讲话的神情那么专注，做事细心，笑起来的模样温柔，所有孩子都喜欢他。可他并不比这些孩子健康。他的母亲和他右腿的秘密是他无法解开的心结。

十

温馔玉暂时在泠阳住了下来，看得出，她极力想要弥补蓝烨，但蓝烨的态度也很坚决，他不需要弥补，需要弥补的人是蓝柏英，而温馔玉再也没有机会了。

"你会原谅她吗？"陆仰问。她把手伸到水龙头底下冲干净堆在掌心里的泡沫，闪着光的泡沫瞬间消散，水池边搭了两件她刚洗干净的小朋友们贴身穿的小背心。

蓝烨在疗养院里待的时间越来越长，倘若这儿没有宵禁，陆仰毫不怀疑，他会干脆地住下来。听见她的问题，蓝烨缓缓仰起头叹了口气，说："我没有资格原谅她，她唯一对不起的人是我爸。但是我猜，我爸从来没有恨过她。"

"为什么呢？"陆仰盯着自己泡得皱巴巴的指尖。

"他不舍得。"蓝烨平静地说。

然后，他给陆仰讲了个很长的故事。这是他头回对陆仰说这么多的话，那个平凡又踏实的男人爱上了一个能干又漂亮的女人的故事，相爱却选择分开。

"爱是很重的。婚姻就是两个人牵着手站在天平下，绳索的一端系在天平上，另一端缚紧了脖颈。因此，装在托盘里赋予对方的爱，一定要是对等的，就算不对等，也要差不多才好。否则天平一旦失衡，另一个人会被活活勒死。"蓝烨补充道，"至少他们两个是这样。"

陆仰无法理解这样郑重的爱。

她咧咧嘴，想笑却没有笑出来的表情让她看上去有点痛苦。她说道：“我还挺羡慕的。”

蓝烨挑了挑眉梢，不置可否。

像是单纯为了发泄，更像是自言自语，陆仰喃喃道：“至少你爸妈到现在为止，最爱的也是对方，对吧？我后妈的预产期快到了，等我考大学走了，再没有多余的人碍事，他们就是名正言顺的一家三口。遇见你之前，我看过很多电影书籍，试图去寻找我想要的结果，但都不尽人意，现在你给了我一份答案，让我忽然觉得自己徒劳的追逐都将变得有意义。轻浮的、庄严的、冰冷的、炙热的，所有形容词都可以拿去修饰人类因磁场相合共鸣而迸发的情感。我爸应该也很爱我妈吧，只不过他的爱太廉价，也太泛滥了。”

“你知道有着蜥蜴脸，眼球像金色玻璃珠的女孩吗？”他陡然不合时宜地道，“她和我做交易。”

好在陆仰已经习惯了蓝烨跳脱的思维，对他无缝衔接提乱七八糟问题的行为见怪不怪。她以为他冷不丁地冒出这么一句是在开玩笑，于是拖长尾音笑了两声：“北欧神话说，恶魔会化形成各种各样奇怪的东西，到人的梦里，去找人类交易。”

“交易什么呢？”蓝烨追问。

“恶。”陆仰认真地想了想作答，“恶魔靠汲取人性中的恶为养分。但是有一点，恶魔从不说谎。”

“我知道了。”蓝烨说。

“知道什么了？”从刚才起，蓝烨说的话就让陆仰感到云里雾里，“你在说什么呀？”

膝盖。他想，他的右膝也许是一个开关。

贪婪地吞吃着他所见所闻的恶，滋养着那个蜥蜴脸，当恶蓄满她的胃袋，使她感到餍足，便可以为他换来一个宝贵的交易机会。他愚蠢地承诺了蜥蜴脸：他将承受代价。因此，蜥蜴脸用蓝柏英为他换回了温馔玉。

蓝烨蓦地笑了，起先喉咙里还能压着笑意，到后来难以克制地放声笑了起来。那天，他对陆仰说的最后一句话是："恶魔真的不会说谎吗？"

十一

蓝烨第三次梦见蜥蜴脸，是离开泠阳的前一夜。

他答应了温馔玉，自己会和她离开这里，和她生活在一起。

在温馔玉停留在泠阳的这几个月里，蓝烨见到了她的秘书，据说这个秘书还算是半个会计。当她踏进蓝烨家里的时候，他的右膝便有些不对劲，于是他立刻会意了这个女人嘴里的"公司有些账目问题要和温总汇报"到底藏了哪些秘密。

成年人精妙的话术和委婉的修辞可以骗过蓝烨这样一个不谙世事的十七岁少年，却骗不过恶魔安在蓝烨右膝那张饥肠辘辘的血盆大口。

他借口有事，从家里溜了出去，在泠阳的街头闲逛时，看见了陆仰的继母。她挺着肚子，在街边认真挑选着摊贩摆出来的手工针织的廉价小袜子，脸上洋溢着平和的笑容，满是即将成为母亲的幸福。陆仰在旁边付钱，她的表情看不出喜怒，递出纸钞抬头的那一秒，她望见了蓝烨。陆仰没有动，隔着一条马路对蓝烨挥了挥手，继而转身又搀扶着那个大肚子女人向前走去。

蓝烨一动不动地在原地驻足，目送她们两个消失。不远处有个小超市，有个神情仓皇的矮个子男孩抱着一怀的东西连滚带爬地逃了出来，很快被台阶绊倒，怀里花花绿绿的东西摔了一地。超市里追出来的人很快以他为中心聚拢成圈，围着他拳打脚踢，口中声如洪钟地喊着"打小偷啊"。

蓝烨拖着重得像灌了铅的腿，往相反的方向走去。沿着泠阳唯一一条主干道，夕阳烈烈，烧红了西边的天，烧得人间烟火气愈发浓烈。一对老夫妻依偎在一家打烊了的西饼店橱窗外，老爷爷时不时对着里面摆放的糕点模具指指点点，老奶奶就开心得咧开了没牙的嘴。他在这条街从八岁到十七岁，慢慢地走，慢慢地疼，抽芽拔节，长成少年。

他再次回到初次见到陆仰的那栋破败的居民楼下，一楼阳台遮板下的垃圾床已经消失不见。他用脚丈量了那年大雪卧居在这里的老人所躺着的位置，总共两步。他失神地想，原来两步就可以概括有些人暮年的全部时间。

晚上做梦，蜥蜴脸如期而至。

这次，她坐在了高处，蓝烨需要仰着脸才能与之对话。蜥蜴脸晃了晃两条纤细的小腿，再次施舍给他一个交易的机会。

"想要得到什么呢？"她问。

"想要成为不需要借助任何人的力量，独当一面的人。"蓝烨沉静地说。

"会很疼也没关系吗？"蜥蜴脸眨了眨眼睛，蓝烨立即想到了诸如"奸诈"之类的形容词。

"没关系。"蓝烨说，"这次是真的没关系了。"

"我还有一个问题。"他继续道，"在医院的最后一晚，他痛苦吗？后悔吗？"

"很痛苦，但不后悔。"蜥蜴脸说，"蓝柏英做了一场很长的梦，在梦的开始，他合上眼睛，他心爱的女人来接他回家了。你知道的，恶魔从不说谎。"她露出狡黠的笑容，两颗尖尖的虎牙亮得可怕。

温馔玉的车驶离泠阳，朝着省城机场开的路上，天渐渐阴了下来。

司机打开了车里的暖气，暖烘烘的热气烤得温馔玉打起了小盹，前一夜，她一直在处理公司的事情，走了这么长时间，烂摊子堆积如山，都在等她回去定夺。然而即便睡着，她的一只手也紧紧扣着蓝烨的手。

在第一滴雨落下来的时候，蓝烨接到了陆仰的电话，在电话听筒的另一边，她哭得泣不成声，连续好几次，呜咽声都由小转大，再被压下去。蓝烨听她忍得辛苦，轻轻地问："怎么了？"

得到蓝烨回音的陆仰再难抑制，崩溃地大哭起来，她说："今天凌晨，小熊没有抢救回来。"

蓝烨的耳朵在这一刹那失聪。

他回过头，温馔玉靠着他的肩膀呼吸均匀，司机平稳地开着车，将泠阳甩在身后，越来越远。当他恢复听力，陆仰的痛哭声浓缩在一秒里炸开在耳蜗里，他听见陆仰吐字不清地说了两句话，之后又被哭声代替。

那两句话是："小熊，小熊啊，到我家里来吧。无论是弟弟还是妹妹，都要叫小熊，是我的小熊。"

车轮辗着被雨浸透的柏油路面，噼里啪啦地响。

陆小熊会比褚小熊幸福吗？蓝烨举着手机，盯着窗外飞快倒退的景色想：人间每落下一场大雨，他的骨痛便重一分。

直到这一刻，他才明白，人间本就骤雨不歇的。

民国篇

MIN GUO
PIAN

再荡气回肠的故事，放个百十年也变了滋味。
你看，当年那些足以淹平山海的眼泪，在后人嘴里，
只轻轻一句就带过了。

似是故人来

SI SHI
GU REN LAI

民国篇 MIN GUO PIAN

一

天灾像一场烧了半年的火，灼空了西北大地的每一块田，每一条溪，每一根谷细瘦的秆。倘若只是大旱，咬牙一撑，无论如何也是熬得过来的。然而像是不愿这么轻易便放过这群靠天吃饭的人，旱的孪生兄弟疫接踵而至，一如疾风骤雨来势汹汹，席卷了山镇的每一个角落。

刀是故人的信物。

全家走投无路的时候，凭它可以去投奔。

父亲临终前指了指它，又指了指东边，无法发声的喉抽动了两下，淤泥积压在嗓子眼里了似的，终是什么也没说出口。

周筝拾起刀，沉甸甸的分量几乎要把她胳膊都扯长几寸。

故人是谁，长什么模样，脾气如何，有什么特征，她都不知道。她攥着刀，咽下泪，怀里揣着最后的盼头：向东走吧，与其守着一座满是饥渴与怪病的荒镇等死，不如向东，求一线生路。

离开家的那天，周筝装走了家里所剩无几的钱，几枚铜板在袋里相撞，发出叮当叮当的清响。她背着刀，妥善地反锁了门，走到镇子口的枯井旁，将握在掌心里的黄铜钥匙看也没看就甩手丢了进去。而后决绝一回身，朝着东边，头也不回地去了。

她已经没有退路了。

周筝，女子，十八岁时全家死于天灾。从西北来，往东北去，徒步万里。背了一把祖传的刀，说是信物，找一个家里的旧交。

在十八岁之前，她的故事乏善可陈。

没有人问过她希望成为一个怎样的人，要她自己说，约莫是像她娘那样嫁一个她爹那般体面的男人，她没有小媳妇温婉贤淑的好脾气，当个夜叉似的煞婆娘也不错。然后给丈夫生个孩子，像是为了等死那样活着，碌碌无为过一生。

十八岁之后，仍然没有人问周筝这个问题。但是她被残酷的生死推到了悬崖边，迫不得已，走上一条全然陌生的路。她失去了选择的权利，只能向东去，迎着东升的朝阳。

起初女孩儿踝软脚嫩，磨出了锃亮的水泡，磨破了又磨出血，黏糊糊的血蹭得到处都是，夜里痛得脱不下鞋。周筝侧卧在荒郊野岭供人歇脚的草亭，忍着泪花龇牙咧嘴地扯布裹伤。后来伤上磨出了茧子，血浇出来的铜墙铁壁，筑起厚厚一层，硬得像铠，她便再无畏天寒途远，只背着刀，心无旁骛地走她的路。

刚从家里出来时，周筝还留心数着途经的几处富庶小镇，偶有路过像模像样的城。她不喜欢城，越大的地方，越没有人情味，她敢在村寨里随意叩开一户人家的木门讨水喝，运气好还能要到些吃食零嘴。但城镇的街上，人大多行色匆匆，她不敢问路，却有意挑衅。

周筝叉着两条修长的、仙鹤那般笔直的腿，坐在路边的石头台阶上嗑瓜子儿。这是她总结出的最具有攻击性的轻浮姿势，只需往那儿一坐，就足够让大部分人生厌。雪白的牙咔吧那么一阖，粉红的软舌呸地吐出皮来，再用后槽牙慢条斯理地磨碎瓜子仁。

晒着暖阳，活像一只倦怠的懒猫。

沿途路过的女子见她这副模样，无不掩面皱眉，嘴里啧声不停，胆子大点爱管闲事的还要嘟囔一句"伤风败俗"，声音不大不小，刚好让周筝听得见。她看见了她们鄙夷里的艳羡，不以为意。

男人虽不言语，却也从未见过女子如此放浪的坐姿，一双老鼠似的眼睛早就四处乱瞄起来。路过周筝总会刻意放慢步子，偷瞧她线条漂亮的脖颈，偷瞧她纤细的肢体，最后目光被吸引到那张美艳的脸上。

周筝怀里的刀在鞘里嗡嗡地躁，她将散在耳边的碎发别到耳后，劣酒烧哑的喉咙爆出中气十足的一声喝："你亲娘的便宜也敢占！"

好泼辣的女人，男人哪里见过这阵仗，抱刀的年轻女孩明明有张青稚的面庞，讲话竟这般粗鄙市井，于是忙不迭移开视线，继续匆匆地赶自己的路。周筝面不改色地目睹他们的变化，像是报复了谁似的，由衷地感受到了一股莫名的快感。

她孤独地快乐着，兴致来了就唱歌儿，都是她娘以前爱哼的，记不清词儿就瞎念叨，或者自个儿往里画蛇添足似的加些东西，大致调调没错就行。周筝对自己要求不高，她需做些能占着脑子的事，好让她不去想那个几口人早就死绝的家，好让她没有多余的精力掉泪。她仅十八岁，虽然十六就成家的姑娘有大把，但周筝仍觉未婚嫁自己便还是爹娘的掌中宝。只转眼一瞬，便什么都要自己扛了，偌大的天地，都成了她栖身的家。

周筝独自走了一年，日子过得糊涂，以分辨四季去算时间。

这一年，她遇见梁嗣初。

二

　　梁家横山百里的庞大家业付之一炬，滔天的烈焰直冲云霄，火舌舔上梁老太爷最为珍视的那根两人粗的红漆梁柱，祖宗祠堂也在大火里燎了个干净，剩两面歪倒的烂墙。

　　土匪头子用明晃晃的马刀剁下了梁嗣初他爹的脑袋，那颗还留着辫子的脑袋，皮球似的骨碌碌滚到地上，年纪最小的五姨太尖叫一声，身子便软了下去。二当家拾起那颗头，高悬在梁府门前的槐树丫杈上，他知道梁嗣初肯定没跑远，说不定就躲在暗处将一切尽收眼底。遂磨着牙根发狠道："东西不在宅子里，掘地三尺也要找到梁家的浑小子。他全家在这里，一天杀一个，看他这沉住的气，能沉到几时。"

　　梁嗣初的确在看，而且看得清清楚楚。他眼睁睁瞧着他爹的脑袋从脖颈子上飞脱，然后掖好了土匪砸门时他娘惊慌失措塞给他的一颗珠子，将女眷的哀哭远远甩开，将全家十几口的生死撇在了身后。

　　"舜之，豁出命也要护好它。"

　　梁嗣初不确定自己是否记忆出现了误差，一颗半个拳头大的烂珠子，为何要举家倾力相护。他在奔逃出数十里后，谈好价钱，乘上了一辆满载着农作物进城的马车。

　　有传言，梁家屹立本地百年，值钱的宝贝全藏在山里一处洞窟中，爱财如命的梁老太爷没有对梁嗣初提起过，只因他是次子，他的母亲二姨太在家中地位尴尬。年轻时浪迹风月，有段不算好的过往。这颗珠子是如何落入二姨太之手，梁嗣初不知。他坐在颠簸的马车斗里，用它瞄准了太阳。绚烂的光顷刻灌满了狭小昏暗的车斗，梁嗣初脑中闪过了一千个念头，其中最大胆的便是这颗夜明珠能够开启梁家的藏宝洞，但也转瞬即逝，他忍住了把它扔出去的冲动，满心只想找个安静避风的角落睡一觉。

梁嗣初挑准了路边一处长草的野地，在车斗板上留下两枚银圆，用枯草掩了掩，从马车上跳了下去。

他不想哭，也不想笑，他爹不喜欢他，大抵也有这方面的缘由——梁嗣初像个动物，如蛇如蛙，偏不像个人。痛不哭，喜不笑，无论何时都睁着一双漆黑冷漠的眼睛，冷静地观察所有人。仿佛一不留神，下一秒就会成为让他果腹的牺牲品。只因被他没有感情的眼盯视着万分不舒服，梁老太爷没少无缘无故地冲他大发雷霆。

一天之内，发生了太多事。他没有给自己留消化的时间，在草丛间倒头就睡。闭上眼，除了焰浪一寸寸吞噬大梁的噼啪声，他什么也听不见了。

这一觉不知道睡了多久。

直到感觉有人的鼻息打在脸颊上，温热缓慢，近在咫尺。他蹙眉睁开眼，视线里撞进一张脸，姑娘半跪在地，趴在他身上，脸上有着认真又莽撞的神情。

他顿了顿，清嗓说："你干什么？"

周筝老实地说："摸尸，看看你死了没，身上有没有值钱的东西。"

他不怒反笑，关切道："摸到了吗？"

周筝点了点头，又摇了摇头。

梁嗣初拍了拍哗啦作响的钱袋，一分钱也没少。他随身还背了一只小包袱，那颗换了梁家大小数十条人命的珠子，就在里面。不过显然，周筝没有翻。头一次见这么不入流的摸尸人，梁嗣初和她保持着一躺一趴的姿势，谁也没有再说话。良久，周筝的肚子发出了不懂事的呻吟，因为挨得近，他甚至感觉到了她的胃因饥饿而不受控制地震颤。她窘迫地支起了身："我得走了。"

"你去哪儿？"梁嗣初借机又多看了她几眼。脏衣脏鞋，一张脸却收拾得干干净净，姑且算得上精神。她的颧骨高高地凸起，一双眼睛意外地有神。周筝是耐瞧的漂亮，乍一看不觉惊艳，还给人那么一点儿锋利的不适。可越看越有滋味，唇是薄情瓣，鼻梁高挺似峰。

在等她回答的间隙，梁嗣初镇静地打定了主意：先跟着她走，做个掩护也好，临近的城里不安全，应该有亡命之徒疯了似的找他。

周筝一句"向东去"，说傻了打着自己小算盘的梁舜之。

"向东是什么地方？"他仍抱有一线希望。

"喏——"周筝指了指夜色沉沉的东边，解释道，"明天，太阳升起来的地方。"

梁嗣初看着她神采奕奕的眼睛，觉得自己被打败了。

……

梁家最后一个活口的脑袋，在梁嗣初出逃后的第十六天落地了。

饶是丧心病狂如这帮占山为王的野寇，看着数十颗滚圆的脑袋，心里也犯起了怵。好一个梁家郎，好一个梁舜之！匪首阴恻恻地用独眼扫了一圈梁家化为残垣的宅基，咂舌恨道："走吧！……该搬的都搬空了吗？让师爷算钱。这小王八蛋是不会回来了，咱们得尽快从横山离开。"

离开？为什么要走，横山草肥水美，寨子插在山腰的林里，地势险峻，易守难攻，是块不可多得的宝地。他们百十号兄弟在此盘踞多年，称霸一方。膀大腰圆的老三有惑，抬头便吃了二当家一记眼刀。

"这畜生心硬如石，置血亲性命于不顾。梁家郎若是靠着那笔钱东山再起，现在不走，有朝一日回来寻仇，他这般冷血，我们怕是都要落得他爹的下场！"

见好就收的行事准则，是横山匪帮能够延续这么多年的奥秘。他们深知贪欲一旦膨胀，辛苦经营的一切都将在欲望下扭曲失控。然而如此深谋远虑，遇上梁嗣初这位不按常理出牌的爷，终究是白瞎了这番胆战心惊的预言。

他压根没有想要回来寻仇。

梁嗣初跟着周筝上路了。

与其独自于乱世里颠沛流离，不如跟着周筝寻个去处，两人也好互相帮扶。这是他为自己找好的借口。实际上，他这样人情味寡淡，尤其怕麻烦的冷性子，在想什么更隐晦的只有他自己知道。

那颗珠子在某一天晚上被周筝抖了出来，结实地摔在客栈的木地板上。单听声响，着实叫她捏了把汗，这东西要是碎了，她可赔不起。

珠子在地上滚了几滚，停在墙角，烛火摇曳出的光影里，发出幽暗深邃的光。

"老梁，这是什么东西？"她好奇地蹲下去，用手小心翼翼地扒拉了一下。

梁嗣初侧卧在榻上，用手肘支着床，手掌撑着下巴，一副少爷无所事事的疲懒倦态。他轻描淡写道："一只破球，你喜欢就拿去。"

周筝欢天喜地地收下，第一晚就把它放在了夜壶边。

她高高兴兴地和梁嗣初说，这样黑灯瞎火起夜的时候，就不怕磕着绊着了！

说这话时已吹熄了烛，梁嗣初藏在一片黑里看不清脸上是怎么个表情。只鼻腔里挤出一声听不出情绪的"嗯"，顿了顿，他说："背了一路，多少也算有点用处了。"

周筝躺在他对面的另一张床上，用气声问道："什么用？"

"讨你欢喜。"梁嗣初说。

"什么？"周筝没有听清。

"……讨人欢喜。"梁嗣初这次斟酌了词句。

"你说什么？"周筝还是没有听清。

"没什么。阿筝，睡吧。"梁嗣初说着翻过了身，要不是周筝语气焦急又恳切，他真要怀疑她是故意坏心眼，要他多说几遍了。

"老梁，你再说一遍嘛。"她求道。

他背对着她，发出平稳的呼吸声，睁眼等了半分钟，听见姑娘气哼哼地也背过身去。她将翻身动静折腾得吭哧吭哧，不用看也知道，那小嘴必定是高高噘起来了。

三

行走江湖，吃是大问题。

周筝心眼活泛，鬼点子更是多，靠着那颗好用的脑袋，她在日月交替春秋轮转中摸爬，即便身无分文也可吃饱肚子。那刀不晓得用什么邪门东西铸的，像个活物。它与周筝心灵相通，会感知到她剧烈的情绪起伏，她怒时它便同怒，她哀时它便同哀。极狂躁时会在鞘里铮铮地撞，她怕冲动拔出它会铸成大错，所以刀总牢牢插在鞘里，麻布长条在鞘口和刀柄上，掩耳盗铃似的缠了十几层，生怕哪一天它从匣里跳出来大开杀戒。

刀是好刀，可惜周筝不怎么敢用，否则凭她的机灵劲儿，路上奔波的日子可能过得更好些。

梁嗣初的钱袋第一日就交给了周筝，美其名曰伙食费。她从来没有见过那么多钱，打量了梁嗣初不凡的衣着打扮，她情不自禁地骂道："这就是命啊，真会投胎。"

骂归骂，她急不可耐地允许了梁嗣初与她同行。一个人实在寂寞，那几首娘胎里听到大的短谣，让她翻来覆去揉得碎了，哼得烂了，丢进水里都泡不出什么滋味了。她终于有了听众，虽然她也并无故事可说。

"镇子死了，死在山里。"她干巴巴地闭上嘴，犹豫了一会儿，问道，"你什么时候回家？"

梁嗣初想了想，学着周筝的句式道："家死了，死在火里。"

她哑然，虚张着口，不似白日里伶牙俐齿地喋喋不休，没说出话。

那晚太冷，周筝是抱着梁嗣初的腰睡的，两个人彼此依偎着入梦。夜色有点凉，薄被抵不住寒，梁嗣初盯着凝在周筝鼻尖的月光。广袤的西北大地仿佛亘古如此，一批批的人在这里生长、耕耘、死去，血肉或骨殖填埋入土，供下一代人继续耕作，这保持了千年的如霜颜色，沉淀在荒原旅店的木窗边，最后落在周筝的鼻尖和眼睫上，像晶莹剔透的尘。梁嗣初自恃有那么一点儿不足挂齿的才情，此时脑子里竟空白一片。他慢慢地合上眼，周筝于寂静中发出一声微弱迷离的梦呓："我想吃肉。"

周筝想吃的不是肉，是记忆里暖烘烘的屋子，厚重浓郁的肉香，还有那些挤在一起捞汤锅的人。她混沌地意识到了，她其实根本没有从困围着自己的过去中抽离，只是背井离乡的惊惶与恐惧暂时盖过了思念。仅仅是活着就足够筋疲力尽了，一旦得到了喘息的机会，她就会不可抑制地怀念曾经拥有的岁月。舌头已经在口中化成了一块黏糊糊的糖糕，她在梁嗣初的身边感到无比的安心，所以仍然固执地、吐字不清地表达了自己的愿望。

梁嗣初听见了愿望，并且在第二天一早，以大肘子的方式，物质地满足了这个愿望。

周筝起床就看见了桌上一盘油汪汪的肘子，反应了片刻，当即心痛得表情扭曲。她蓬头垢面，箭步上前，刚要喊出那句酝酿许久的"我去退"，口水就掉进了盘子里。

梁嗣初："……"

周筝："……"

两人面面相觑，原本火急火燎卡在喉咙里的话，一时吐也不是，不吐也不是。

"你刚才想说什么？"梁嗣初不以为意道，"看起来很急的样子。"

"没什么。"周筝讪讪地在桌前坐下，不甘心地说，"太贵了。不知道还要走多远的路呢，有钱省着点花。我之前没钱的时候都是……"

说着，周筝自觉失言，及时顿住了话。

"都是？"梁嗣初敏锐地抓到了重点。

"……想办法呗。"周筝用大肘子堵住了自己的嘴含糊其词。

"想什么办法？"梁嗣初罕见地不依不饶起来。

"就……去掏掏鸡窝，或者拔拔人家地里的菜。"周筝老实地说。

"然后呢？"梁嗣初知道她还没有说到重点。

"途经一些人迹罕至的荒村，里面的人大多都逃难走了，废屋里没什么值钱的东西，运气好会捡到几串忘记收走的玉米棒和地瓜干。"她说，"还有摸尸。"

客死他乡的人留在身上的东西总是十分精彩：半角残损的家书；一块系在腰上的挂牌，用小篆刻着姓名；有时是半截磨出了毛边的红绳。周筝在搜尽逝者身上还可继续由生者利用发光发热的遗留物后，会悉心地将他们身上标志性的物件就地掩埋。像是承载了陌生人寻家的遗志，她每沾一位素不相识的人的光，那份信念便愈坚一分。

梁嗣初默不作声地将自己叠得规整的帕子推到周筝手边。她吃东西叫人看着极有食欲，梁嗣初目不转睛地看着她咀嚼吞咽，不由自主地跟着咽口水，他忽然萌生出从未有过的渴望。对明天的渴望，对生的渴望，为他将一直以来模糊的生死界限，划出了分明的沟壑。这种醍醐灌顶般如梦初醒的冲击感，撕碎了笼罩在梁嗣初身上二十一年的荫翳。他站在了更感性的角度思考"活着"。

活着和喘气是两码事。

四

那把凶刀迟早要出鞘。

它通人性，有灵气。可周筝没有想到它竟会锁她的劲道，五指一旦箍住刀柄，挥刀劈刃的气力便不再是她说了算了。她肩胛后挨了一记黑刀，血从豁口溢出来，沿着脊背淌，剧烈的痛觉让她四肢冰凉。为了自保，也为了反击，她拔出了背了一路未曾出鞘的刀。

森然一道银光从黑漆漆的刀匣里迫不及待地挣出，闷了一路的锋芒，晃了周筝的眼。这凶蛮子，精铁不知多少斤，刃身雪亮。解决麻烦的过程从开始到结束快得让她反应不及，哪里有空去想这狭路相逢的屠戮是为何拉开序幕。周筝跪倚着血迹斑斑的刀精疲力尽，刀尖扎进泥里一寸有余，直挺挺地立着，饮饱了血的刀乖巧得有些逆来顺受，与方才的暴动之态截然不同。

被她护在身后的梁嗣初，在漫长的寂静后，看着她突然捂住自己的脸，呜呜地哭了出来。

这一路上，周筝笑怒不绝。

她给梁嗣初展示自己踝下脚底的茧，轻描淡写地说，我要向东去。不曾掉过一滴眼泪。

"他要钱，老梁，他只是想要钱。"周筝意识到自己做了什么，只会流着泪语无伦次地说这一句话。

杀人的巨大恐惧像一座铁造的笼，死死扣在周筝的身上，压得她喘不过气来，她背后的伤还在冒血，红色濡湿了她的衣裳。目睹了一切的梁嗣初率先镇静下来，他蹲下身与周筝的眉眼齐平，伸手按住了周筝抖得正厉害的肩膀。

"你做得对，阿筝。"他说。

梁嗣初飞快地思考了许多抚慰说辞，譬如这人双手鲜血淋漓，如今毙命罪有应得。但当他再回忆起片刻之前周筝横刀拦在他身前无畏无惧的模样，忽地发觉所有安慰都像累赘。他甚至觉得周筝合该是握着那把刀的。

这样想着，梁嗣初捧着她的手，挨了挨自己的唇边，亲吻了周筝沾血的指尖。这个动作让周筝的哭声停住了，她似是错愕，又陷入了迷茫，湿漉漉的眼睫还挂着珠粒。指尖在梁嗣初的手里颤了颤，她闪电般收了回来。

"天色太迟了。"他不以为意，"找个落脚的住处吧，明天还要赶路。"

周筝没有说话。

"还要向东去吗？"他问着，拧开了周筝随身携带的酒囊，斜过一个角，把里面满灌的酒液泼了满地。

周筝双眼发直地看着他。秋末干燥，满地枯草，山火时起，她立即明白了他要做什么。木已成舟，覆水难收，那就将这初次攫人性命的地方，毁得干净些。

不向东的话，还能去哪儿呢？

周筝哭罢，情绪缓和了些，她从地上爬起来，怔怔地想了一秒，含着眼泪执拗地点点头。

薄光照明了周筝黑漆漆的眼底，火势逐渐由小转大，空气里弥漫开一股浓烈的草木焚烧后辛辣的气息，混合着一些旁的奇异怪味。她一手提着刀，另一只手任由梁嗣初牵着，心跳逐渐趋于平稳。骤升的温度使她安静下来。

活一天有一天的劫要渡。

在周筝出生前，她娘挺了怀胎十月的孕肚坐在里屋做女红。周筝娘是这方圆百里最俊俏的小媳妇，对于没有降世的孩子，她有着十足的信心。

她大伯周老泉和她爹周平川，在院里的老榆树下支了张小桌扯闲天。周平川是他们镇子的武举，这么多年，山镇就出了这一个武举。人身长八尺，长相也是一表人才。

周老泉说，这天真蓝啊，如果生出来是个闺女，就叫周蓝。小名喊蓝蓝，周蓝蓝，上口也好听。

周平川摇了摇头，肯定是男孩，看他娘肚子那么大，像是塞了头小牛犊。叫天成！周天成！

周筝后来没有叫蓝蓝，也没有叫天成。因为她娘生她的前一夜梦到了一只大大的纸鸢。没有线牵，孤独地飞过田野，飞过青黛色的群山，飞呀飞，飞了一宿。

本来要给她取名周风筝，可周平川到底算是有点文化，认为风筝不如单字一个筝叫着漂亮。于是她就成了"筝"。

什么周蓝蓝，周天成，周风筝。她想不明白：她们老周家，这辈子怎么就和一个天过不去了呢？

等二人找到歇脚的旅店安顿下来，周筝已经从惊悸里挖出了更深的苦难，她意识到这只是开始。

她漫无目的地朝东，像个盲目的信徒一心朝圣，叩拜九千阶石级，但倘若她的真神藏在沧海云端，始终不肯露面呢？周筝的黑眼睛中有浓雾沉下去，明亮的瞳孔被藏其后。身为她的共犯同谋，梁嗣初没有多嘴舌，他晓得她在被什么折磨，这需要她自己绕个清楚。

他低眉打来温水蘸湿了方巾给她清创。方才姑娘进门，一身血衣瞧着骇人。两个帮工拥挤地躲在厨房的帘后不敢出来吃喝生意，是掌柜亲自出来接的客。梁嗣初便顺口讨了些店家土制的金疮药。

周筝趴在榻上，任由梁嗣初剥去她让刀划得破烂不堪的上衣，蝴蝶骨面上的伤口触目惊心，梁嗣初冰冷的手一触，原本止住的血立即嗤嗤冒了出来。

他用嘴咬掉瓶口的软塞，口齿不清道："看你下回还敢不敢逞英雄。"说话吸引周筝注意力的空隙，褐色的药末已经糊上了伤口。

周筝被剧痛粗暴地一把扯回思绪，打了个激灵，张口嗷道："姓梁的，裹个伤这么使劲，你要姑奶奶的命啊？"

这声吼倒是把往日那个神气的周筝吼回来了。梁嗣初的桃花眼弯成一线荡漾着水光的弧，手上的动作缓了下来，还不忘借势还嘴："我要，你给吗？"

这问题很怪，周筝条件反射想说给，察觉到异样，又蓦地刹住。她唇色苍白，一张脸埋进软枕，闷了声。血顺着她线条漂亮的腰线滴答着淌落，梁嗣初顾不得计较，眉头蹙成一道深壑。

伤口太深，棘手。

"老梁，是不是止不住？"周筝有意插嘴，"我今天要是流血流死……"

"你最好闭嘴，我得死你前头。"梁嗣初喝止。

"你是不是害怕了？"周筝说罢放声大笑，震得后背又汩汩地蹿红。

他怕？他要是怕，横山梁宅那把匪火也不至于烧了十几天！

"是啊，我怕。"梁嗣初垂着眼把方巾浸入盆里洗净清了血迹，上药后扎了整洁的绫条敷上，补充道，"怕死了。"

忽而一阵西风钻进屋，吹熄了烛。骤暗的房间里，两人一时都没有出声。凉气吹出了周筝胳膊上的鸡皮疙瘩，对比之下，她便愈觉得伤口和脸烫得像火烧。

梁嗣初浅色的眼睛此时在黑暗里盯着她，夜视动物般熠熠发亮。他的眸子里缀着两簇跳动的炬，钉在瞳底，灼出了最原始的情愫，暧昧浓郁的红，克制冷淡的蓝，喧杂地交织成一片斑斓的爱慕之色。

周筝不安地期待起来。

她隐约明白，即将要发生什么了。

但是梁嗣初没有做。他俯身亲吻了周筝的眉心，短暂地停顿了一下，下移到嘴唇。周筝能感觉到的是无尽的苦，他唇齿间柔软的苦，还有因为担心周筝的伤势，强迫自己镇定而咬伤的舌尖，所以周筝尝到了淡淡的咸腥。黑夜里梁嗣初的声音仿佛变得温柔。

"敬重你，倾慕你，阿筝。"他说。

五

周筝与梁嗣初在一起的第二年，她把那柄出门三年从未离手的刀偷偷卖了。

适逢老梁的生辰，她找了个当铺谈好价钱，当场银货两清。揣着一小袋沉甸甸的钱，琢磨给他买个什么礼物。

晚上梁嗣初回来，不等她说话，直走到桌前，黑着脸把刀摔在了她面前。"当啷"一声重响！像是要把一腔怒气全摔出来。

她发现他脖子上那块镶金的羊脂玉刻的长命如意锁没了。

"周筝，这东西你也卖？"梁嗣初气得要命，恨不能剖开周筝的小脑瓜，看看里面是不是盛满了糨糊，"本就是大海捞针，没有这个，你还怎么找人？我看你真是想……"

周筝望着那把失而复得的刀，傻笑着挨骂，正是因为有梁嗣初在，她才敢毫无后顾之忧地卖掉最后的倚靠。

走走停停的第四年，她一直明晰自己的去路，但这份明晰，同时也让她迷失。周筝一度怀疑，所谓的故人根本不存在，东边也没有人能够救她于水火。这只是周平川为了让她满怀希望地活下去，而编造的谎言。可她又摇头否认了自己的猜测，她爹是出名的忠义刚直，宁死不做欺侮哄骗这等为人所不齿之事。所以她再度坚定了自己的心，确信东边的城里有人会辨出这把刀，会在街头和仿佛已经流浪了一生的她相认。

梁嗣初数落她的话只说了一半，她忽然踮起脚亲在他脸上。

与刀主相逢是一种理想，但是和梁嗣初厮守余生，才是她眼前摸得到的真实。她无法开口对梁嗣初说那些青涩的心思和对未来的筹划，一张嘴就要从舌尖齿缝里溜走。在梁嗣初面前，周筝应该称得上是坦诚、热忱又明亮的。可这涉及以后的变数，让她无论如何也做不到将愿景铺得宏伟又缤纷，她谨慎了许多，这样的谨慎使她的祈望显得更加单纯笨拙。

梁嗣初何尝不通晓她的心意。

从上一次起，每一次触碰，他的双手都在忙活，嘴里咬着一只刚从窗边树上摘下来的青果，周筝唱着歌蹦进门，背着手噘起嘴凑到他跟前讨吻，他就清楚地认识到，周筝正在把自己一点点地朝他打开，那些纯粹的烂漫，珍贵的依赖，她将毫无保留地奉献给他。

但他叼着苹果，哪有空暇吻她。

她咧嘴一乐，凑到梁嗣初嘴边，咬到了苹果的另一面。他看见了印在她清澈瞳仁里，神情惊讶的自己。

清脆的咔嚓咬合声过后，苹果受了股蛮横的外力，梁嗣初再也咬不住它，眼瞧着它啪地跌到了桌上，光滑的表皮被两人啃得两边各缺了一块。她撤身倚住了桌沿，狡黠得意地看着他，嘴里老鼠似的嘎吱嘎吱嚼个没完。

她是独立于世事洪流的一条银溪，泥浆滚石里，周筝始终澄澈明净，永远灵动脱俗。而银溪每一次淌泪，都让梁嗣初觉得自己理应向神佛跪悔。

他每每想起，猝不及防，周筝的两边眼眶顷刻之间就让绯色染了个遍的光景，都像是天又降一遍劫。

她哽咽着，喉咙鼻腔里的低泣压了又压，鼻尖一点通红，含水眸里的雾气蒸腾而起。

梁嗣初见过她叉着腰，临街羞辱人的泼妇模样；见过她扛着刀，拿脚踩人脑袋的凶煞模样；还见过她流着血，痛得骂骂咧咧，左一句老娘，右一句姑奶奶。可是他又哪里见过这阵仗，一时慌了阵脚，心尖一阵战栗，颤得他心绪不宁。

"周筝，你不要……"他懊悔地唤着她的名字。她抬眼，眼眶周遭的红色愈发显得深了，浸在泪里的眸子硬是憋成了兔眼红。

梁嗣初满腔的话全部淤积在胸口，堆得他这副肉体凡胎的躯壳随时都要从内向外炸掉。他心乱如麻，只知道那泪是无论如何也不能让它掉下来的。

"你——"他无可奈何地顿了顿，"阿筝，蜜饯，要命的祖宗……"

他的尾音还翘着，晶莹剔透的滚珠却是一点儿面子也不肯给，接二连三扑簌簌地从周筝眼里掉出来。

"……杀了我吧。"他喃喃。

梁嗣初这一生只有二十五年，此时距离他永别周筝，满打满算不过两年。

假如有一本记载着梁嗣初生平的卷轴，将他生命里的大小事巨细无遗地铺展开来，只有与周筝在一起的四年像是真正在人间游历。他在梁家大宅的槐树阴影里长高，槐树抽条，他便拔节，少年记忆里的天总是阴郁的。

他与家中兄弟姊妹关系不甚如意，生母二姨太格局小，眼界也浅，活得如履薄冰。生怕哪一天惹怒了谁，又回到那呆了半辈子的风月地，做回老本行，得个凄凉落魄而死的下场。整日忙着在深院里，同其他几房姨太太虚与委蛇，钩心斗角。

梁嗣初安静地长大，几乎没怎么让她操心。好像一不留神，一夜之间，昔日沉默清俊的少年郎就长成了一个高大沉郁的男子。

童年是一条锈迹斑斑的铁链，它铐着梁嗣初的脚腕，他一走动，它便发出刺耳的摩擦声。以此提醒着他，虽然并不足以影响他的生活，但它一直在。

他没有想过有朝一日，它会被斩断。

匪首的马刀，周筝的长刀，一人一击，锁了他二十一年的铁镣铐，就此断成零碎几截，干脆地消失在了来时深深的车辙印里。

他与周筝爬别人家院墙偷鸡蛋。半夜三更，摸得惊飞了鸡，吵醒了狗，主人家的灯捻亮，伴随着气急败坏的叫骂声。两个人被狗撵得跑了一条街。

周筝白忙活了一宿，闹得鸡飞狗跳，除了满脑袋鸡毛，什么也没捞着。她撇下梁嗣初，自个儿手脚并用爬上了路边的大树，骑在树杈上向梁嗣初胡乱泄着火气，话题主要围绕着老梁出的偷蛋馊主意。

梁嗣初不急不恼，他站在树下朝着周筝神秘地招了招手："阿筝，你下来。"

周筝气哼哼地梗着脖子一仰脸，斩钉截铁地怒道："我不！"

梁嗣初无可奈何：周筝不配合，这关子卖不下去。他只好从怀里捧出两枚还温热的蛋，献宝似的举高给周筝看。她大惊小怪的叫喊，引来了远处犬吠的遥遥相和。两只鸡蛋，足够让周筝的高兴维持一整晚。

梁嗣初看着她，心碎裂融化。

六

那一天来得太快。

他的身体一日比一日虚弱，借来的气数用尽了似的，渐渐失去了生气，肉眼可见地干瘪下去。

周筝和中药铺的掌柜因为几个小钱，讨价还价到口干舌燥。这怪病无药可医，仅靠几味名贵的草勉强吊着命，银圆如流水源源不断地淌进沿路的药铺医馆，她很快身无分文。这一次，她没有动过卖刀的主意，刀已不再是刀，而是梁嗣初那把为了赎它卖出去的镶金玉锁。

她腰间横着刀，手里捧着汤药盏子风风火火闯进屋门。周筝身上散发出一股中药铺子独有的清苦香味，混合着一路奔来的浓重尘土气，头昏耳鸣。

她听不清榻上的梁嗣初气若游丝地说着什么，她只知道她要不惜一切代价，挽留他这条岌岌可危的命。她要他活，她要他去听去看去说，她要他吻她。

姑娘强装镇静，很想从嘴里流畅地吐出诸如"不会有事的""明天就好了"之类的谎。她五指扶着陶皿，却是紧紧抿着嘴唇，什么也说不出口。

梁嗣初缓慢坚决地推开了她递到他唇边的碗沿；她不肯，固执地再递送一次。

"我们走吧,阿筝。"梁嗣初抬手,一样缓慢坚决地拒绝了她第二次。

"去哪儿？"周筝漂亮的嘴唇干裂出细小的豁口，唇缝翕动发出微弱的质疑。

"去你要去的地方。"他把周筝说烂的三个字从喉咙里掏出来,"朝东去。"

如果这就是最后一程，也要把时间花费在与周筝共同奔赴希望的路上。不必去想即将来临的悲剧——死亡或离别，更有意义的远方永远在脚下，拘泥于肉体形式的存在，相当于将自己放进了一格四四方方的铁盒，生不如死地在这口棺材里服刑。这就是梁嗣初所想的，他不要周筝一个人面对一间狭窄的异乡客房，独自面临她土崩瓦解的天堂。

梁嗣初终于如愿。

他死在一片荒原，与记忆里周筝摸尸拾到他的那片荒原没有什么异样，又好像截然不同。两块相隔万里迥异的土地在周筝眼里重叠，她跪坐在地上，扶着他枕在自己膝盖上的脑袋。天边乍白的光宛如一把剑，亮得要把她刺瞎。

"对不起。"梁嗣初歉疚地说。

闻声，她浑身抖得像是十二月凛冬的寒风里依旧坚挺在枯枝上的一枚败叶。搁在肚里腹里的那副心肝，颤得几乎要从口中呕出血。她急忙堵住他的话头制止道："你别说啦！"

"不说了。"梁嗣初疲倦地笑。

他的身子从脚开始死去，两条长腿渐渐如冬眠的蛇失去生机，瘟疫似的往上蜿蜒着沉沉死气。他轻柔地、梦呓般絮叨呢喃："我想娶你。那时方可光明正大地吻你，在夜里对你的耳畔滚烫吐气，直言想要你……东边太远了，不知道还要走多少年。这样居无定所的，可怎么好好过日子。"

他悄然停止了呼吸。

缥缈的词句在空旷的土地上分解成一缕微弱的烟尘，最终消散殆尽。周筝两眼发直，空洞地望着视野尽头地面拉出的一道黑线。她等了很久，可是梁嗣初不会再开口说话了。

那一刻凝固成周筝一生的魇，她的血液不再奔涌，心脏拒绝跳动，呼吸被一并带走。眼里的雾被冻成冰，忽而又化成水，从眶里漫出来。她仰起脸，无声地抽动着肩膀，那姿势像极了宗教画里跪问上苍的哀恸信女。

半晌，她失语失声的喉咙里爆出一声痛彻心扉的悲鸣。

天光隐于黯黯的阴云后，西风冷冽。

周筝，女子，十八岁时全家死于天灾。从西北来，往东北去，徒步万里。背了一把祖传的刀，说是信物，找一个故人。喜笑喜酒杀过人，也抽烟，生嚼烟草的癖好是途中掘出的。梁嗣初毙于荒原，她伏着尸，沙哑地哭。号干了泪，熬红了眼，活似一头失了心智的母狼。然后继续向前，跌跌撞撞。野店的土酒烈得呛喉，她借醉赶路，日夜兼程。

疾跑跌跤，瘦骨嶙峋的膝上伤叠伤。痛觉被飘飘欲仙的醉意麻痹，她醉里醒，醒后复醉。周筝不准自己醒，直到梁嗣初的死在澄澈的酒液里晕成一摊透明的朝露，再不能使她痛心。

她彻底背弃了女子的柔软与懦弱。

于是她不会再哭。

汪云敬是梁嗣初死后一年半遇到的。

他的耳尖上有一颗和梁嗣初如出一辙的朱砂痣。那红随时要沁出血似的鲜艳，长在男子耳上既违和，又夺目。周筝只一扫，便再移不开眼，她二话不说提着刀坐在了汪云敬的对面。

两人中间横了张樟木桌。

他望着她，没有说话。

"请我喝酒。"周筝无理地要求道。

汪云敬不知是不是本着不与女子计较的原则，爽快地满足了她。靴尖踢了倚在桌脚的酒壶，那壶擦着地面稳稳地滑到了周筝跟前。

"满的。喏，拿去。"他用下巴尖点了点酒壶，看着周筝弯腰去拾，饶有兴趣地打量起姑娘来，"外面世道正乱，你一个女儿家到处跑，也不怕出个什么岔子，如何与爹娘交代？"

周筝渴急了眼，掀了壶盖儿海灌。亮晶晶的酒水顺着她的下巴颏往脖子里流，顾不上应他，那酒大半就囫囵下了肚。她过足了瘾，抹了一把红得可人的嘴唇，方才神采奕奕道："不该你操心的别瞎问。你请我喝酒，我和你睡一觉，天亮我就走，无缘不见。"

即便是汪云敬这般通透，一眼便看出寻常女子不可与她相提并论，也还是叫周筝这通惊雷炸了个措手不及。

"你还不知道我叫什么。"汪云敬说。

"你也不知道我叫什么，扯平了。"周筝满不在乎地摆了摆手。

一壶酒换一夜良宵美梦的好买卖，他找不出拒绝的理由。

汪云敬是个行走乱世的闲人，说是侠客也不为过。家在江南，汪氏是苏杭有名的商贾之家，汪云敬为长子，上过洋学堂。原想等他年纪差不多了就接管汪家那百十家粮行布行，谁承想，大少爷不乐意，挑了个黄道吉日，趁着月黑风高翻墙，闯荡江湖去了。

他有本事，脑袋好使，拳脚功夫也不差。周筝别致出尘，说书先生讲不出她的神韵，江湖画本画不出她的眉眼。她和她的刀一样古拙，其貌不扬的皮囊下遮着毕露的锋芒。

对周筝而言，她的身痴迷于那颗痣。但她的心冷静地划割开了二人的区别。

夜里一番忘情的交换，汪云敬为她把散在脸颊边的碎发夹在耳后，在她耳畔温柔地问她要不要吃点东西。

她便更清醒地认识到，汪云敬是如何的沉稳知性。

周筝细不可闻地叹了口气，像是要把那个人最后残余在她胸腔里的愁绪，都倒出来。

"我想吃牛肉。"她说。

汪云敬愣了愣，尚未答话，她修长的双臂忽地搂上他结实的脖颈，用力地咬了一口他的鼻子。

"什么都满足你。"他回以激烈的吻。

七

"每个人都是一座山。"周筝说。

她垂下头，脚尖扶起一朵白色的小花，想了想，怕伤到它，于是撤开了些。瘦弱的茎擎着花骨朵儿失去倚靠，瑟瑟地抖。

"长大一点，就下一场雪，山峰便耸起些。"周筝说着，对上梁嗣初若有所思的脸。

"经历离弃和背叛，不告而别和宿命愚弄，就落下一场大雨，再跟一阵暴风。山上的雪便融化，冻成一层坚冰。"她的语速慢了许多，像是怕惊动自己口中的山。事实上，她也不知道自己在讲什么了。

梁嗣初冷冷一笑，抬脚踩了下去，那被周筝小心呵护的野花须臾在他鞋底化成一摊烂泥。

"最后呢？终年堆积着厚雪坚冰的雪山，孤独又清醒了吗？"他显露出少见的阴鸷决绝，这副面孔曾经才是他的常态，只因与周筝相爱，它被梁嗣初藏在灵魂的匣子里久久封存。现在，它又被放出来，像一张高傲的面具，他承诺道："我在这里，阿筝。你不会是雪山的。

你是恒久的青山，青山不该斤斤计较一朵花的逝去，你有群芳斗艳，你有日月星辰，你有江河奔涌。睁眼阖眸，都在盛放永无止境的春天。"

永无止境的春天。

她睁开眼，天边大亮。枕边的汪云敬重复了一遍这句话。

"你梦见什么了？"他说。

"你没走？"周筝答非所问。

"我有什么理由走吗？"汪云敬支着下巴笑眯眯地贴了过来，"你还没回答我呢，什么春天？"

他与她挨得近，却毫无逼问之意。一夜亲昵，这时她才有空端详汪云敬的五官：陌生的眼睛，陌生的鼻梁，陌生的嘴唇……组成一张陌生的、充满亲和力的英气脸孔。她感到熟悉的只有他的面部轮廓，昨晚她便是凝视着他线条漂亮的轮廓，听着窗外的风声，做他攻城略地唯一的观众。

"都说是春天了，春梦呗。"周筝敷衍道。

"还想继续梦吗？"他开了个露骨的玩笑，"就当自己没醒。"

周筝冷哼一声："想得美，真以为老娘是为了贪你那口酒？还来劲了？"

"不是为了酒，那是为了什么？"汪云敬淡淡问道。

这句不痛不痒的话噎住了她。

周筝的确不单是为了那壶酒，可她也不是为了那个已经不在的人。在一起这么多年，他一直近乎隐忍地克制着。他总说要等，等到订婚，等到成亲，等到她彻底属于他，再谨慎地收下她最宝贵的东西。

这成了她最干净的回忆，也是贯穿她一生的追悔莫及。而在那个人走后，像是报复谁似的，她迫不及待地就把自己交给了一个萍水相逢的男人。

朱砂痣、野店酒。

她勒令胡思乱想的脑袋停下。

"为了晚上有个地方睡觉。"周筝信口胡诌。

"今晚呢？"汪云敬操心道。

"不关你事。"周筝被他没完没了的问题问得无名火起，当即恼道，"怎么我没赖上你，你还赖上我了？"

汪云敬不应声，冲她好脾气地笑笑，倒显得周筝心浮气躁了。她强忍怒意翻身爬起，去捡自己丢在地上的衣裳，光洁的脊背一点点套上了薄衫，汪云敬蓦地又开口了，听不出情绪的陈述句："你身上的疤挺多的。"

周筝动作一僵。

"我已算是不怎么爱惜自己的了，伤也不及你这般密布。尤其是肩后那块，好长一道。"他平静地说。

她没好气地立起了领口，胳膊飞快捅进袖筒，好让衣摆落下，完全裹住那块骇人的长疤。

"第一次杀人的时候落的。"她言简意赅地介绍了它的来历，继而手指翻飞，把一枚枚豆大的小扣塞进扣眼，"没有人能心安理得地夺人性命，所以你也可以把它理解为报应。"

汪云敬沉默了，她理所当然地以为，这个笑面虎是被她杀过人的事震得说不出话了。然而静了须臾，他说："你杀过多少人？"

"天晓得。"她垂着首，专心致志地系纽扣，"没数过。但是姑奶奶的刀从来不斩无辜人。"

"看起来不像。"他笑起来，"你的刀很凶，你把它的獠牙闷在鞘里，要是会说话，它这会儿该骂娘了。我没见过这种刀，什么人锻的？"

周筝扯平衣角的褶皱抬起头答道："我也想知道是什么人……我

一直在找他。"

汪云敬波澜不惊的脸上，总算出现了一点诧异的神色来："找了
多久？"

她合上眼数了数，再度睁开时，本来极不耐烦的眸沉进了一片深
不见底的海。

"没有数，大概有五六年吧。"周筝沉吟，"十八岁起，到现在。"

"五六年都在路上？"

"都在路上。"

"就你自己？"

"还有一个人。"

"人呢？"

"死了。"

对话到这里，已经没有继续下去的必要了。两人一问一答，气氛
莫名冷了下去，周筝收拾妥帖了自己的东西，拎刀时，这凶蛮子乖得
不可思议，像把死器悄无声息地陈尸在刀鞘里。

"不告诉我你的名字，告诉我刀的名字总可以吧？"汪云敬恳请道。

"它没有名字。"她如是说。

它有名字，只是她不知道罢了。父辈的故事，她还没有来得及好
奇，就随着周平川的死埋进了山镇的西风里消失得无影无踪。若是非
要说，还真有一个。她气急都是直接唤它"畜生"，这爱称不甚雅观，
她便决定，假如汪云敬还要追问下去，那就直言畜生，叫他连气都没
处说去！

可他点了点头，没有再继续说话，周筝难免有些失落。

临出门前，仿佛在记仇一样，她没有对汪云敬道别。她能感觉到
汪云敬的目光，始终没有从她身上移开，只是不晓得是在看她还是看刀。

她如狂舞的烈火，她如错落的星轨，她更像一只空的、易碎的容器。汪云敬昨夜细数了她身上的伤疤，二十一道，遍布全身。他填满她空虚又火热的梦时，有什么东西碎开了一条蜿蜒如闪电的裂痕，裂痕里漏出了一声空旷而孤独的呻吟。她的眼底有未干的泪痕。他抚摸周筝的脸颊，沿着颌骨的线条，从耳后慢慢到下巴，像把玩一件瓷具。

他对这个名姓尚且不清的女人充满了好奇心。

她睡着了。

刀在躁。

八

周筝无法形容自己隔天又撞见汪云敬的心情，像是前一夜丢出去的东西，又光鲜亮丽地回到了桌子上，甚至要比丢出去之前看起来更体面。

汪云敬提起嘴角，笑得像个一肚子坏水的狐狸。他眨巴着眼，冲周筝挥挥手，讨好似的推了酒碗，那架势宛如只等女主角落座。她径自迈开步子，落落大方地坐到了汪云敬对面，横刀往桌面上一摔，目不斜视道："是不是跟了姑奶奶一路？"

"瞒不过你。"汪云敬懒得扯谎，索性迎着她的话往下说，"昨晚找到好栖处了吗？"

好栖处，昨夜睡觉的漏风草棚不晓得算不算得好栖处。西北地荒，原野里睡个三五天也不是稀奇事，这么瞧，那个废弃的草棚堪称豪华。她眉梢一扬，不买汪云敬嬉皮笑脸的账："找到如何？找不到又如何？"

"你去哪儿,捎我一程。"他说着，压低了嗓，"天寒有伴,夜长好暖。"

这话说得隐晦，周筝起先没品出什么味道，再一看他真诚的表情，遽然回过劲来，拧眉啐道："呸！你没完啦？"

汪云敬爽朗地大笑出声，他从前不爱说轻浮话，更不愿对姑娘家如此轻佻。虽不认为自己是君子，不必遵守那些个繁文缛节，但他多少还是为自己立了点规矩来坚守底线。周筝太泼辣，太鲜活，没有大家闺秀条条框框的礼仪拘束，同时她又是冷静坚硬的，柔弱的女子气在她身上并不能得以体现。以往对付木头小姐们的说辞可不能使他痛快。他如今对周筝充满兴趣。

"这桩买卖，无论如何你都不亏。你想呀……"汪云敬故意在节骨眼卡住，放任周筝自由想象。

反正是寻人，一个人寻和两个人寻有什么分别？反正是跋涉，孤独无依的客死他乡，和粉身碎骨高歌猛进有什么分别？反正是求果，她周筝独自风餐露宿地求，和他们两个畅快淋漓地爱一场，在爱的间隙抽空去求，有什么分别？

莫名的情愫占据了汪云敬的全部，直冲他的灵台。他还在等待，等周筝想清楚这其中的利弊，他不知道她的故事，可他迫切需要她的回应。

经历了两场剧变，周筝再清楚不过将任何人视为救赎等于自寻死路。她曾把希望寄托在锻刀人身上，那个远在东北虚无缥缈的锻刀人喂不饱周筝的肚子，她还是得自己一步一个脚印，与风雪烈日相搏；后来她将余生寄托给了梁嗣初，那场突如其来的疾病，给她开了个残酷的玩笑，比爱人变心离开更可怕的，是生老病死这等超脱她掌控的永别。

"怎么样？"汪云敬迫不及待道，"看得出来，你不喜欢那把刀。"他以敏锐的洞察力自信地判断道："我不会再给你拔刀的机会了。"

周筝早就不在乎拔刀的后果了。倒是刀听见先不乐意了，抗议似的嗡嗡作响。接受汪云敬伸出的手意味着什么，她不会不明白。女人为何要婚嫁？她是真的爱那个男人，还是单单希望拥有一个家呢？周筝此时尽在想不相干的问题，她是没有根的人了，只管畅快淋漓地过活便是！但是汪云敬和她不一样，若是同行，又能走多久呢。

"你叫什么？"她答非所问。

汪云敬一愣，旋即飞快笑开。这是个好兆头，周筝肯问他姓名，就说明她在动摇。

"今晚告诉你。"他不动声色地抬起盏子，贴着杯沿啜饮了一口，有意将其递给周筝。周筝接来用他用过的杯，扬首一饮而尽。她把酒盏倒扣在桌上，完成了简陋的仪式。

二人像是缔成了某种不可言说的约定，一切秘密都藏在看似风平浪静的神色里。

当天夜深，吻到最尽兴时，他贴着周筝的嘴唇，如约告诉了她自己的名字。

仿佛要把这三个字亲口喂给她。她情不自禁地吞咽，如同真的吃下了他的名字：汪云敬。

有水，有天，有人。反观周筝自己，这单字冷清得太不近人情。她的舌尖抵着齿，回顾了一遍自己名字的由来，礼尚往来似的回道："周筝。"

"曜，狰。好凶的名字。不像你，像你刀的。"汪云敬评价道。

"是风筝的筝。"她纠正。

大抵是这个名字太适合她，汪云敬一时无话可说。她看穿了他无奈的沉默，于是敞开了笑，沙哑的声音用力地摩擦着夜的寂，似乎随时要引燃她自己，在浓重的黑里化成一捧燃烧殆尽后猩红的粉末。他及时为她降下一场雨，直到她肆无忌惮的大笑，变成一阵断断续续的呜咽，最后彻底熄灭成微弱的呼吸。

"不要再火急火燎地赶路了，我的意思是，脚程可以慢些。我猜

你走了这么多年也没怎么好好看过风景，有没有想过放过自己？"汪
云敬收紧了揽着她的手臂，轻声细语地商量。

"风景有什么好看的。"周筝尖锐地回道。

"西北和江南还是不太一样的。"他委婉地避开了她话里的锋芒，"刚
漆的红墙，开了硕大花盘的玉兰树，连绵的小雨……都在我眼底，你
仔细瞧。"

周筝看向汪云敬的眼底，太暗了，什么也没看清。凑得近了点，
便着了他的坏道，他又挨上来亲。他有取之不尽用之不竭的热情，只
要周筝愿意，一声令下他便可与她吻到日升尽头。

亲密关系解放了囚在千里狱中的偏激执念。周筝讲到她第一次拔
刀，焚尸的人是梁嗣初，她的共犯沉着冷静，用酒和干草抹除了那
个人存在的痕迹。她蝴蝶骨背的刀疤也是由此而来，养了小半年才愈
合完全，长肉的时候尤其难耐，那种痛痒仿佛扎根在她的骨髓里，有
一万条棘草的触须抓挠着伤疤上新长的粉肉。她伸手去抚摸，试图缓
解那种贯穿四肢百骸的奇痒，但抚摸的力道总是不受控制地越来越重，
直到伤口再被她按出血来。肤肉愈合的过程就像她元气恢复的过程，
她说她在流血，从踏出山镇的那一刻起，在没有人看见的地方，流个不停。

汪云敬虽话多，说得却是无关紧要的闲事。他喜欢看人，形形色
色的人。

念洋学堂时，汪云敬有段日子对神学感兴趣，偶尔去教堂，坐在
最后一排祷告。神父的眼睛蓝得像一汪海，高耸的鼻梁将脸颊从中劈
开，均匀地一分为二，嘴唇藏在花白的胡须后。神父的神情总是充满
了怜悯，在耶稣受难像下，教堂穿顶洒下的光，薄薄地笼罩在他微微
昂起的脸上，为老人镀上一层慈祥的神性。

常来祷告的还有几个女人。推开厚重的木门时背光，她们仿佛妖

怪倾巢而出，纤长的影子投在走道上，像水底静止的藻类。路过汪云敬时，她们身上浓重的脂粉香味压得他喘不上气，那香像化了形，变成一只钢铁造的手，用力掐住了他的脖子。

他念书时有个相好的姑娘，是与他同期的同学。家里是做皮革生意的，温顺乖巧，懂事会疼人。但是缺了反骨，相处起来死气沉沉，长时间同她待在一起，汪云敬疑心自己要坐成块爬满青苔的石头。

"你没有娶她呀？"周筝好奇道。

"没有。"汪云敬说，"她后来嫁了个养貂的，门当户对。"

"她想嫁给你吗？"周筝问。

汪云敬不语，周筝当即心下了然："薄情郎。"

"这辈子你我都会负数不清的人。"他不打算辩解，"只要被爱，被期望，被人视若珍宝，就会不可避免地辜负。除非你能回应所有人的殷切。而有些一厢情愿的祈盼，于你而言只是负担。"

"人的精力极其有限，若是捧给了不值得的人，献一分便少一分。日后倘是遇见了更倾心的人，你已是具被挖空的壳，那该如何是好，你又要把自己的什么送给她呢？"他说。

周筝撇撇嘴反击道："既然是更倾心的人，给他的自然也是要独树一帜，与众不同！他要什么？要一颗赤诚真心，要含情脉脉的眼睛，要高悬九天的星，要烛盏花灯彻夜长明……就给他什么。否则怎么能突出那个'更'呢？小气鬼，别给你一视同仁的廉价爱意找借口。"

汪云敬只失神了一秒，笑着应声道："你说得没错。"

九

迁徙的候鸟秋去春回，河流盛夏滚涛，隆冬冻成一条蜿蜒的铁板。

周筝识字是蹚过这漫长旅程时，偷闲与汪云敬学的。彼时她持着一杆蘸饱了墨汁儿的毛笔，铺平的宣纸上叫她涂得尽是歪扭线条，杂乱无章地摆满了空隙，横竖弯钩都别有韵骨。

她聪明得很，就是不肯好好学。非得汪云敬的大掌握着她的手，把着一笔一画来教。稍不留神，她的思绪便翩然翻飞，一支笔像根长矛，舞得虎虎生威。

"阿筝，不能……"汪云敬叹出口气制止，话只起了个头，周筝的夺命铁笔竟迎面朝他扑来，以迅雷不及掩耳之势在他的唇上鼻间干脆利落地抹了个一撇一捺。

"小胡子，哈哈哈哈哈。"周筝捧腹大笑。

"胡闹。"汪云敬冷着脸，摸了摸自己唇上未涸的墨迹，湿漉漉的黑沾了满手。联想到自己此时定是又怒又呆的滑稽模样，顿时绷不住笑意，"你啊……"

这路在遇见汪云敬后走得妙趣横生。

他会吃会玩，沿途遇见宜居的客栈，一停便是十天半个月。又因他出手阔绰，混熟了的掌柜就热络地称呼他为"汪老板"。

汪云敬并不抵触，他打小听别人这样喊他爹，少年时汪宅阿谀奉承的访客都喊他"小汪老板"。周筝挺喜欢看他那副从容不迫与人寒暄话家常的模样，宛若和谁都熟稔，和颜悦色的表情刻在了脸上。

她知道生意人都会变脸，不过汪云敬的变脸功夫格外娴熟。后来周筝也体验了一把被迫变脸的滋味，只为客栈掌柜恭恭敬敬地喊了她一声"汪夫人"，她犹如大白天见了鬼，速即退回房间，重重地合上了门。汪云敬诧道："怎么了？病了？刚不是还好好的？"

"我没病，不是我，不是我！"周筝惊惶地说着，跺了跺脚来发泄情绪，"你听见他刚才叫我什么了吗，云敬？"

"叫你什么？"汪云敬一头雾水。

"汪、夫、人。"周筝如临大敌，一字一顿地复述了一遍。

"哦。"汪云敬淡淡道，"听见了。"

"哦？"周筝模仿着他毫无起伏的语气念道，"没了？"

"那你想听我说什么？"汪云敬好笑又好气，"去找掌柜的解释，虽然我们每天形影不离，但我们并不是他想的那种关系？不是爱侣，那是什么？素不相识？兄妹情谊？"

他犀利的发问叫周筝想了两秒，她摸着下巴若有所思："也不是不行……"

"不行。"汪云敬斩钉截铁地拒绝道。

"不晓得什么时候就分道扬镳了，我可不稀罕占你这便宜太太当。"周筝不屑一顾。

"那便不分道，不扬镳。"他气定神闲地应。

"狗屁。"她垂下头，用脚尖局促地磕了磕地面嘟囔道，"说得好听。"

两人谁都没有出面去解释，这个误会便被小二发扬光大。

兵荒马乱的年，生意不好做。

为了感谢汪老板照顾生意，汪夫人点酒时，小二领了掌柜的意，拎了酒坛还不够，要再给她把随身携带的酒囊灌满。

她发觉，当汪云敬的便宜太太还有这等好事，也不作声了。

夜里喝了暖肠胃，酒劲冲得周筝两颊酡然，诗气呼之欲出时才好提笔。

她拖曳出浓黑的长渍："三千年月光，流淌过三千盏银觞，欲买三千年命长，再续快意猖狂。"没有章法的大字结构松散。纵墨泼过雪白的宣纸，笔迹桀骜潦草，开合之势吞吐山河。

汪云敬为她超凡脱俗的笔触叫绝，才学会识字，便会自己提字炼句。若是生在一个顺风顺水的书香门第，没准也是个惊才绝艳的才女。

他沉吟，半晌方道："九万里花香，漫溢过九万里琳琅。欲行九万里痴妄，烦请姑娘快马加鞭来我心上。"

"你这个不好。"周筝挑剔道，"一点儿都不工整。"

好家伙，一点儿没发现句中玄机，连同他的直白心思，一齐糟蹋了。

"你的哪句对齐了？"汪云敬气结，索性不解释，反唇相讥道。

"没有对齐，但是看着漂亮。"周筝振振有词。

据理力争派汪云敬，对上胡搅蛮缠派周筝，不得不败下阵来。

他不知道是这段迢迢路成就了周筝，还是周筝点缀了这条劳顿路。由于没有饱受生活与家庭的烦忧与折磨，她仍保持着十八岁少女的心性，她只需顾好自己的冷暖。周筝留有她这个年纪的女人，本该泯灭的伶俐与顽劣。

然而历经死别与生离，跋山涉水和水土不服的困境无法击垮她，又给她沉淀出了别样平静执着的气质。汪云敬注意到了她双脚上生的茧，像一项令人生畏的工程。周筝没有吹嘘过它们，仿佛它们与生俱来。

她是炷插在一樽炉鼎里的长香，在段段香灰里笔直屹立。焚尽的便不必再提，但她从来没有忘记过。

汪云敬听她说过"那个人"，她敞亮坦荡，甚至没有动过隐瞒的心思。

"无法直视过往的人只是单纯的懦弱无能罢了。"周筝说，"用现在麻痹从前，否认那些真心实意迸发过的情感，难道从前就不存在了吗？我偏不。我要看，要摸，要想，要用针尖挑开伤口，好好去瞧清我遇见了什么，承认自己痛快地爱过那个人。在大汗淋漓里颤抖过一回，等它彻底愈合，才能心无旁骛地继续做现在的事。像老树受伤后横生在身的木瘤，当折磨化为我的一部分，没有人可以在相同的位置重创我第二次。"

"人真的很奇怪，云敬。"周筝侧过头看着他的眼睛，和里面的自己对视，她说，"我见过的所有人都是那样，你也不例外。"

"什么？"汪云敬问道，须臾安静，他后知后觉地意识到自己在紧张。周筝矮他大半个头，她带来的压迫感却分毫未减。他好似初次面对周筝的锋利，她不按常理出牌的言行让他风声鹤唳。

"回避所爱，即便是爱过。"周筝坐在他身边的圆脚凳上，支着自己的下巴移开了视线，"更有甚者要在旧爱上恶声恶气地踩上几脚，好像要踩死那个曾倾心相付的自己。他们憎恨的究竟是谁？"

汪云敬没有答案。

云敬，爱恨一线。你说你不会娶她的那一刻，她看着你的眼神里是什么？

十

汪云敬打枪百步穿杨，可他只字不提出来当江湖客前是做什么的。

周筝靠着他的肩膀，被刀柄磨出茧子的食指不甘寂寞地绕着发梢，她的发梢一如她本人一样不服管，硬邦邦地翘着。她对汪云敬的故事非常好奇，却也铆着劲儿，不愿主动问。

偶尔一次，他提及上膛流畅的清响，扣扳机后呼啸的子弹，吃掉后坐力的手腕和冒着硝烟的枪口。她想入非非，情不自禁地胡说八道起来："枪管里住着雷公，你在外边一扣扳机，他就怒火滔天地摔锣。"

汪云敬被她的奇思妙想逗乐了。

"还有雨婆，嘭——雷公摔了锣，于是雨婆下出红雨来，从人身上，源源不断地流成一条河。"

"那得再插一座阎罗殿进去。"云敬被她带的跟着一齐胡言乱语，"下一会儿雨，牛头马面就该出去领人了。还要藏一座桥，端着汤盆的孟婆也得在，不然怎么方便人喝汤？"

见他如此配合，还越说越离谱，周筝乐不可支，笑得前仰后合，一双眼眯成两条细缝："太多……太多人了呀！枪管子那么窄，塞不下呀。"

"这有什么，我心比枪管子窄多了，你不也住进来了？"汪云敬扭过头去望着笑靥如花的周筝，想吻她的冲动异常明显。

"少废话，老娘只占了你的榻，可没有占你的……"她猛地止了话头，瞪圆了双目。

年少时觉得，倾心需要刚硬的条件，得经过口头表达弱化了情绪后仍显得动人心魄，说出口才好有底气。所以总爱为那些个平庸普通的人找些冠冕堂皇的理由，用厚重虚假的铺垫来骗过本心。汪云敬受过新式教育，观念和他爹那辈大不相同，信奉自由恋爱。无论是做学生读书时，还是走江湖前、在汪家铺子里管事的时候，他都与不同的人勾过指，贴过唇。她们各有千秋，他周转其中，终于练就了坐怀不乱的好本事。遂自封深谙情道，难再对凡夫俗子动心。可周筝只一句话，就让他构筑的自信土崩瓦解：是不够喜欢，是不够爱，是胆小鬼在吝啬自己的付出，没有遇见过真正命中注定的银蟾，所以错把贱蜡当月光。

"怎么了？"他明知故问。

"你今天不太对劲。"周筝用手背粗暴地贴了贴他的额头。

"我几日前就不对劲了。"汪云敬抬手捏住了周筝的腕。

她抽臂往外挣，他捏得愈用力，周筝眉间遽然升上股愠色。她不悦，但气的不是汪云敬的冒犯。

她恨他不假思索地就说出了那样轻浮偷心的话，他哪里像是为她驻足的人呢。周筝憧憬过江南，烟雨里停泊在江上的孤舟，拂岸的杨柳与软泥中清晰可见的脚印，这些都是汪云敬说与她的。可她不仅囊中羞涩，见识谈吐也不如他丰富有趣，只顾着听，像一只贪婪的口袋，把不属于她的人生装进去扎紧，发酵成夜里绮丽的美梦。

他们是伙伴，是有着亲密关系的陌路人。即便近几日来知心话说得愈来愈频繁，那样因寂寞而产生的惺惺相惜，也不该异变衍生成爱。周筝的刀就倚着床沿，与她不过几步，她扬了眉尾厉声威胁道："你最好抓得再紧些，叫姑奶奶得了空去摸刀，你这只手甭想要了。"

"你向来如此吗？"汪云敬问，"还是他走后才这样？"而后未等周筝应声，他自说自话着接了下去："无论答案是什么，你总不会是无缘无故这般棱角伤人。我早就想说了，你看似悍勇无畏，却避重就轻地把关键掩在那些无关紧要又冷如生铁的词句后。让我看看你的软肋，阿筝。是什么呢？是家吗？七八载了，是也淡了。是刀？是故人？……是他吗？恐怕也不见得。"

周筝的软肋自始至终都是希望。

情爱和悲喜都是希望的伴生作用。只要希望本身没有被摧毁，她便不会为情爱和悲喜献祭自己。她为它无坚不摧，也为它变得温柔如水，这种相触交互的情感让人心碎。

"我们下江南吧。"他说。

看雨吗？江南的雨下得久吗？她怔怔地想。像融化在雾里的乌瓦翘檐，都会见到吗？

"我不去。"周筝骤然回过劲来，惊觉自己竟然险些陷进汪云敬所支配的不可控的情愫里。这是个危险的信号，她若是偏离航道，迷失的将不只是归宿了，"一早就说过，我要向东。"

汪云敬捕捉到了她瞳孔里烧起来的两粒星。它们在他提及软肋时曾短促地黯淡了，现在再度复燃，于是他明白了自己在为什么着迷。是独立强大的神识，周筝始终高高在上地俯瞰着他，他们平等地拥抱、接吻、共枕眠。可周筝从没有依赖过他，放任他肆意动摇篡改自己的意志。

换言之，她属于他，她从未属于他。

"我想带你去见见我家里人。"他说得委婉而隐晦。

"可以考虑，"周筝没有立即拒绝，仿佛觉得当前气氛紧张有意缓和，她笑了起来，细长的眼里夹着一星碎火，"但不是现在。云敬，我们各自有更急切要做的事，我不会为你停下。假使你能够跟上我的步伐，看尽瀚海日升、蹚过丛伏野沼。等刀不必出鞘，雪落乌发梢。来年再遇江南春！"

她怎么会不知道汪云敬追求的是什么，他要乘风，他要踏浪，他要追星逐月，时局和硝烟与他无关。

他厌倦纵横捭阖的军政网络，对尔虞我诈的商业往来深恶痛绝。他不想动脑子解决问题，遇到麻烦事只想躲开。于是洒脱如汪云敬，他索性抛下了所有碍手碍脚的框条规则，冲进了一股陌生又湍急的洪流中。

飓风和暴雨将两股全然陌生的潮水拢到了一处去，周筝便这样阴差阳错地和他相遇。更遑论专程去遇什么江南春。雪融燕回柳抽枝，冰消雨落浪客回，春不就自己撞入怀了吗？

当天夜里，汪云敬迟归。

他怕冻着周筝，特意站在屋门口，缓了会儿身上的湿寒气，方才反身进屋带上了门。

云敬身材匀称高挑。迈进周筝视线的，首先是修长紧实的小腿，被靴腰裹得漂亮。周筝窝在榻上将自己捂了个严实，爬满大朵红粉牡丹的被子遮了半张脸，只露出一双眼在外面滴溜溜地转。

她情不自禁地想，这世上的男子再也没有谁穿靴能如云敬这般好看了。

"愣什么神？"出神间，他已经欺近，好奇地俯身凑近周筝打量了她一番，蓦地直起腰问道。

"我在想，现在还算是在路上吗？"周筝如是说，"赶路，就是一刻不停地走呀。这样跟你在一处落脚，歇下便是那么久的日子荒废，像什么话。"

"你无时无刻不在路上，阿筝。"云敬说，"你以为自己驻足，就是停滞不前了，其实不然。只要你不愿停，没有人能让你止步。"

"那就从明天开始吧。"她宣布道。

"开始什么？"他一头雾水。

"风雨兼程，向死而生。"她看着汪云敬的眼睛亮得不像话，"我要走，走到日升尽头。数我的疤吧，云敬，每一条都是一道深壑，将我和过去隔绝得更遥远。有根的人走得久了，后悔了，随时可以回头。我没有，也不后悔，所以我决不回头。对我来说，前进才是唯一的退路。"

汪云敬后来每每回忆起这一幕，不免唏嘘，她的一语双关实在巧妙，他当时太年少，没有悟透。不惑之年也不敢说自己完全看明白了二十四岁的周筝。他该是天生做政客的，后来汪云敬也证明了他是如何的运筹帷幄，谋行九十九步，步步为营。底子稳如磐石，坐观大局，无一超脱他的预计。

年轻时的刀枪不过是他的爱好，他喜欢好酒、名剑、烈马、美人和江湖。所以青年在一日提了剑，一抹身，跟他娘说自个儿要闯荡去。行侠仗义的途中，捡到一本绝世武功的秘籍，选个与世隔绝的好地方搭所破草庐，遇见个美娇娘，夫妻二人举案齐眉，就是一辈子啦！

他唯一错算了的只有周筝。她从未被左右，像是这盘棋上最不听话的一颗子。纵然他后来百战百胜，想到她也不过是满盘皆输。这笔黯淡的败绩，他将其连同周筝带给他的阵痛一齐收藏，并一生对此讳莫如深。

十一

周筝抱臂立在墙隅的阴影里。

只有在光越过墙头，打在她微微仰起的脸上时，才能明晰地发现她的样貌与十八岁时相较，已然发生了翻覆巨变。

褪去了少女的娇憨和丰腴，她的眼窝深了许多，于是衬得鼻梁愈发立体起来；眼珠子在风吹日晒后，仿佛随皮肤一齐深了几个度。脸颊上有不明显的太阳斑，细碎地分散开来，并不妨碍整体美观。在离家的第十年，她奇迹般地走过了三千个日夜，风雨打蜡，春秋起炉，她蜕变成了一个匪夷所思的坚俑。

跟了汪云敬之后，那把凶刀再也没有了见血的机会，周筝便拿它去砍瓜。它戾气大，心气比人高，怎甘屈尊作菜刀。自打拿它切了一次西瓜，它仿佛镶死在了鞘里，再不能挪动分毫，让云敬几次疑心是不是锈住了。

离东边愈近，周筝的心愈定。汪云敬与她一道渡河走马。盛夏的北方燥热，炎炎烈日一轮，没完没了地散着光，蝉鸣声聒噪，周筝倚着他的肩，脑袋一下一下地点。瘦马被拴在树下，悠然地啃着草皮。这匹黑色的老马是低价买来的，原主看它年高腿脚疲软，打算杀了它卖肉，抽刀欲斩时，碰巧让云筝二人撞了正着。周筝一瞧，这马虽瘦骨嶙峋，四肢仍修长有力，一双沉静温柔的黑色大眼像一片泛着漪纹的湖，当即爱得挪不动步。云敬拗不过她，只好买了下来。

他的肩塌了下来，展臂将她揽进了怀里，好叫周筝这个盹打得舒服。垂眼看了看她的睡颜，他忍不住用唇缱绻地轻蹭着周筝的额头，合眼哼道："阿筝，不要再往东了，那边正闹事，乱得厉害。"

　　"待在这里吧，与我一起。就是我胳臂圈着你的这几尺几寸方圆天地，怎么样？"汪云敬梦呓似的呢喃，话说得渐渐慢下来，声音也降得低了。周筝清楚地感受得到他的吐息，温温热热，扑打在她的发丛上。一股电流从头顶打遍全身，酥得她骨头发软，忍不住想打战。

　　周筝抬起头，陡然睁开眼。

　　她要瞧清云敬的脸，猝不及防被他头顶树叶间隙中漏下的阳光灼痛了视线。立即阖眸去缓解那阵剧痛的空当，云敬似乎是察觉到了她大抵又要说出拒绝的话来，迅速噤了她的声："嘘——"

　　"你先不要开口。"他享受这一瞬的宁静，倏尔又极快地笑开，"阿筝，我方才想，倘若一直这样什么也不做，只安静拥着，坐着，听蝉叫夏。等你我变老，也挺好。"

　　像制作珍贵陈饰的繁杂工序，将这一幕放入熔炉高温中上彩定型，生生世世都栩栩如生，百年后骨骸化作黄土一抔仍可听见今日的蝉鸣，瘦马咀嚼草叶的沙沙清响犹在耳畔。他郑重地亲吻周筝的眉心，这一吻里载着往后三十年有周筝风雨同舟的日子，无论是否能走完余生，至少这一刻他希望那个人会是她。

　　于是他执意要带她回家。

　　不过不是那个有乌瓦飞檐的家。江南变成了一个遥远的梦，她痴痴地想，人愈是想求什么，愈是求不得。天便是这样无心无情，不遂人愿。也好，若是见不到，她一生都渴望着自己幻想出的细雨湖海里烟波浩渺的江南。

　　汪家在太原置办的宅邸古色古香。

据说是汪家的祖宗白手起家时购下的大宅，汪老板携家眷正在此处逗留，大清工匠的精妙手艺随处可见。这地方陌生又冰冷，有人烟没人味，即便陈列的雕饰透着淳朴的北方风情使她感到亲切，但是金钱堆砌出的雍贵，又将这不易的亲近骤然推远了。

宛若一只高雅的木匣，本应罗列同样精致的人偶，她是突然闯入的生锈的残次品。与环境格格不入的焦虑令周筝只待了片刻就如坐针毡，不待人来，她便挣脱开云敬一直紧执着她的手，匆忙躲到了屋外去。

这一幕恰巧让云敬的胞弟看见，便有了开头她独自一人占了个墙角抱刀走神的场景。

周筝将拇指握在拳里，指侧动作轻缓地抹过掌根，硬邦邦的刀茧触及指腹有一种别样的厚重感。她鲜少听云敬提起过胞弟，只晓得是在他去南京念书的前几年才出生，数来如今正是十二三岁的顽皮年纪。

屋门大敞，隔音效果形同于无。周筝的脊梁抵着坚硬的墙，院子里回荡着小男孩儿无理取闹的号啕：

"哥，你要她走！你要她走！"

之后是拖沓得极长的示威："我不——我不喜欢她——！"

她惘然若失，从踏进门槛的那一刻起她就已经看见了自己与云敬相隔天堑的差距。可她仍未认输，只有刽子手真正挥下刀的那一刻，死刑犯的人头落地才算是尘埃落定。新帝登基大赦天下，清官上任沉冤昭雪，就连行刑场上还有个喊刀下留人的呢，未到穷途末路时，她凭什么低头。

然而她等来的只是良久的沉默，一个女人压低了声音与云敬说了什么，周筝猜约莫是云敬的母亲。窸窣的低语后，好一会儿又没了声响，周筝盯着墙头东张西望的雀儿发呆，耳边什么都听得见，独独没有她所祈盼的声音。终于，云敬说话了。

他说："我知道了。"

他从没有这般狼狈，他以为自己已经做好了万全的准备，这段与周筝共度的旅程将他本就清高的骨打磨得更显出尘，他要爱，要挑战汪家百年婚娶规矩的尊严。若是能像周筝那般狂妄恣睢，出手去抢夺一切自己所迫切需求的，他的爱与决心才有价值。可他高估了自己，巍巍百年的汪家根基深固，不可撼动。只三两句话就让汪云敬毫无还手之力，他磨尖擦亮的剑只被两根手指轻而易举地接住，那肉身造的手指稍一用力，宝剑顷刻碎成废铁，他冷汗涔涔，不敢再口出狂言。只低下眼，喉咙里顺出了四个字来。

"我知道了。"

四个字，将周筝固若金汤的防线击溃。

那把鬼头刀落下来了，周筝的伤疤开始流血。

她说不清楚自己是什么时候打算走的，也许是云敬屈服的这一刻，也许是他一开始想将雄鹰驯服成金丝雀囚禁于笼的那一刻。她深知云敬没有错，她也没有错，他们年轻又脆弱的羽翼只堪堪庇护得了自己，如何知晓陈规戒律的险恶。

当天夜里，汪云敬似乎感觉到了什么，周筝像顽童骑马一样倒着骑了张椅子，将下巴搁在椅背上，一双亮晶晶的眼直勾勾地看着汪云敬："给我讲个故事吧，云敬。"

汪云敬登时紧张得手脚都不知往哪里放，看她确无他意，这才勉强镇了镇心，开口道，我们家后院里的井，在大约六十年前，沉过两个女子。

本该精彩绝伦的故事，在汪云敬干巴巴的叙述里显得索然无味。他也说不清自己为什么要讲这个故事，他想借此说服周筝却好像把她推得更远了，因为这个故事注定走向悲剧，正如现实这把利斧正一点点将他们劈开。

那两个女子，一个是云敬的姑奶奶，另一个是姑奶奶的贴身丫鬟。小姐七岁时，丫鬟九岁，在集市上，头顶插了标，明码出售。太爷心善，把姑娘买了回来，伺候他视为掌上明珠的小女儿。她们一起长大，她们的情义非凡。他一个后辈，怎敢对先人旧事评头论足，只好含糊其词，匆匆带过。

小姐长到了适嫁的年龄，出落得水灵漂亮，太爷拍板，给小姐说了门好亲事。男方家是杭州一带赫赫有名的茶商，与汪家门当户对。

"后来呢？"周筝听得认真。

"小姐跳了井。"云敬言简意赅。

她以绝食相抗，被禁了足。出嫁的前一天，她像是想开了，本就嘴甜，三言两语，给耳根软的奶奶说了好听话，被允许出屋透气。门一开，她横冲出去，小脚平时走路都打跌，这回跑得像阵风，半点犹豫也无，栽进了那口黑洞洞的窟窿，一连串动作一气呵成。

丫鬟得知此事时，正在后厨帮忙，寒冬腊月，一双手冻得粗肿通红。听闻外边儿乱了套，喊什么的都有，她不知为何心慌起来，朝着门口心不在焉地张望，被厨娘斥了好几声，最后被长勺的勺柄狠狠敲了头，这才收了神。后来，她还是知道了。这么大的事，老祖宗听见最疼爱的小孙女投了井，当场昏了过去，整个家都乱了套。郎中来了，县令派的官爷也来了，整个镇子里看热闹的人都来了。

"她呢，她来了吗？"周筝问。

汪云敬点了点头："来了。她在三天后也去了。那口井本要填上的，因为点事耽搁了，她瞄准了看守交班的时候，跳进去了。"

周筝闻言笑了起来。

汪云敬好容易安下的心，又慌了起来，她的笑看上去意味深长。

"她们是如何相处的呢？云敬。"周筝抿了抿苍白的嘴唇，"我们又是如何爱的呢？"

"阿筝……"云敬叫着她的名字，企图遏制她接下来要说的话。

"再荡气回肠的故事，放个百十年，也变了滋味。你看，当年那些人足以淹平山海的眼泪，在后人嘴里，只轻飘飘一句就带过了。"周筝的眼眶忽然红了，"你没错，云敬，不要怕。"

汪云敬去揽她，将她紧紧地拥入怀里，她像是会变成一阵浓雾，顺着开了个口的窗户消散在夏夜的风里。

"爱真好啊，真好。"周筝的头放在他的肩上，肩颈间熟悉的气味让她安心。她的眼泪，浑圆一滴，凝着屋里的明亮的灯光滚了出来，烫得像岩浆，灼痛了她的眼眶。拍打在他肩头，转瞬就冷成了冰。周筝的声音仍四平八稳："可是我必须得救救我自己了，云敬。"

"爱使人永远活在他们自己的故事里温柔如初，年轻依旧。"周筝说，"你需担起维系本家百年基骨血脉的责任，栉风沐雨来换功成名就。"

不必问我明日身在何处。

汪云敬听到这话，像是在冰天雪地里被谁狠狠锥了一刀。只看见皑皑白雪上炫目的红，过了好半天才顾上疼。

"别走，阿筝，不要走……"他不住地祈求道。

可是第二天天大亮，汪云敬的身边空荡荡。除了一丝若有若无的气息，属于周筝的痕迹，一点儿也不剩了。

云敬，你只是从未坚定地选择过我。换我先走吧，不然我总担心你会走。

十二

出了太原，周筝的刀活了过来。

它迸发出了犹如饱血后的明亮，出鞘的银光晃得周筝眼晕，仿佛感受到了铸刀师的召唤，它变得狂躁不安。

她仍在路上，孑然一身使她的脚程快了一倍不止。临走前本想牵走那匹时日无多的老马，可它实在没必要同她一道吃那风沙袭面的苦，犹豫再三，她独自辞别了汪宅。

刀柄上缚了几十匝布条，周筝一层层褪下去，露出了其下乌暗镀银的本体。她嚼着烟草，用酒淋了刀刃，拿布条将刀擦得寒光凛凛。她忽然渴望亲眼一见铸剑炉，铁匠铺里大力抡举的长杆锤，千锤百炼之后焕然一新的宝器。她是刀，是天下至锐，她不要那样捧在手心里忧郁凝重的珍重，她要最炽烈的爱，爱到粉身碎骨，爱得鲜血淋漓，爱得痛快尽兴，至死方休。

抵达京城那一年的隆冬。

周筝三十二岁。

游野在街头认出了那把老爷子封炉前亲手锻的刀，认出了与周皎皎标志性面部特征毫无二致的周筝。伯钊领了游野的意，跟着她拐进一间酒楼，看她叫了几盘最便宜的下酒菜，要了最烈的酒。

周筝用白送的茶水烫了酒碗，豪饮两口，冻僵的身子渐渐回过点温。京城贵为六朝帝都，光是风土文化底蕴就是她一路经过的贫瘠之地所无法相媲的。小贩叫卖声花样繁多，相映成趣。为生计奔走的人，像漂泊在浮世风雨中的孤舟，南来北往，短瞬地相聚再擦过，涟漪消失时就该忘记。周筝原以为她也是其中之一，后来意识到自己是一尾游鱼。鱼傍水生，她俨然已成为这浑水的一部分。

伯钊要了一盏茶，坐在离她不远的地方，正好能将周筝的全脸收入眼底。于是他明白了自家爷为何要他跟着周筝，这张脸与府上那位祖宗的未免太过相似，高颧薄唇深眼窝，然而与周皎皎迥异的是她满目苍凉的眼。

周筝的眸里锁了一行飞鸟，他没来由地想，不论它们受惊时双翅携风扇动得如何癫狂，盘旋撞击在她瞳底的落势怎么凌厉，鸟喙断裂渗血，光鲜亮丽的羽自高空凋落。只在调息一瞬荡然无存，平下气来，她仍从容。这个女人真奇怪啊，见过她的人总会不由自主地想，她眼里的囚鸟，也许永远都飞不出这片荒原吧。

菜吃得见了盘底青白的花，周筝结账时被告知已经有人为她付过了钱。还有这种好事？她懒得婆妈，收了钱囊一回头，恰与守在她身后的伯钊撞了个满怀。

他生得普通，是个一眼记不住的温厚长相，周筝粗略估他年纪在四十左右。她看人的眼光实在毒辣，伯钊只比游野长了三岁，这年四十整。他好脾气地撤了步，任由周筝不甚友善的目光上下将他搜了个遍。

"有事？"她没看出什么蹊跷，语气不佳道。

伯钊不说话，只拦着她的去路。

她的西北口音被磨得所剩无几，尘泥里打滚十四年，周筝变了两轮模样。刀睡着，死蛇般僵在她腰间，她一时摸不清这半路杀出来的男人是什么来头，京城卧虎藏龙，周筝不敢轻举妄动。伯钊知道游野在想什么。他家的刀最后一把孤品，流落在了西北。他是次子，这功课本该由他大哥游拓去做，然而游拓十年前未曾留下只言片语因病暴死，游野迫不得已扛起了大哥生前未平的烂摊子。他只清楚祖辈和西北那边有些渊源，可西北周家后来没落得厉害，早在二十年前就没了音信。

"借一步说话。"伯钊平静地抬起颌，朝店外点了点。

"外头太冷，那北风刮得卖糖葫芦和捏糖人儿的吆喝声都拐调了。容易冻着姑奶奶。有话就在这儿说。"周筝拒绝得干脆利索。她单纯不喜欢伯钊说话不紧不慢的气度，照她的话说，这就叫"端着"，她偏要挫一挫伯钊的威风。

又哪里知道比起游野，伯钊这根本算不得威风，他简直谦逊得离了谱。

伯钊见状也不含糊，单刀直入道："姑娘可是姓周？"

周筝被震得说不出话，她再次将他上下打量了个遍，拧起两条细长的眉，厉声喝道："什么人？"

"你希望见到的人。"伯钊的答案出乎预料，周筝的气焰被他语出惊人一压再压。他好脾气地又问一遍，"周姑娘，这与西北相隔万里的城不那么好进，你不正是为此而来吗？"

周筝的虎口紧紧卡着冰冷的鞘，拇指已经按上了刀柄。伯钊读出了她的戒备，不再勉强，二人对望之际，周筝还在试着消化伯钊的话。她希望见到的人是谁？她希望见到的人早就不是周平川弥留之时口中的"故人"。

她在行走中路过众生。

人生来的使命各不相同，有人为权，有人为食，有人为信，有人为义。有人为生而生，不惜伏低做小，即便苟延残喘亦无所谓。有人为死而生，缚着手脚高歌我自横刀向天笑，从容就义。周筝的使命便是徒步，一直走，在风景倒退、岁月消逝中领悟生死聚散不由己的人生。

意料之外的，她迎来了终点。

她时常感到迷茫，但从前的迷茫都只将迷雾堆积于眼前，向东的心意始终不渝。此时的迷茫却遮住了以后，她感到一阵脱力的空虚，握在手里的刀像一块铁锁，扯着她的腕臂往地上坠。

"就是你吗？"她喃喃道。

"不是我。"伯钊察觉到了她消散的戾气，随之而来的，是显不出任何情绪的阒然。他再次看向了店门外，平和地道，"请吧。"

"不问我姓名吗？"周筝欲抬未抬的脚又定回原地，带着她特有的固执追问道。

伯钊怔住了。

他是做仆的，她是主子的客，游野尚未同她打照面，哪有他问名的份，这太逾越。游野是个古板遵旧的，不懂规矩就要被罚跪。伯钊十五岁时起就跟在游野身边，从未做过忤逆的事，在他看来，游野便是天，他如何敢在天之前？

"我叫周筝，不是任何字辈。我这辈只有我一个。"她已在他惶恐走神时开口了，这方面，她和游野倒是无师自通。颇有些不容置疑的霸道，伯钊听见她吐字清晰地说道："我是周家最后一个人。"

十三

周筝。他念了一遍这个名字。

游野手里的盘珠慢慢走了两个囫囵圆，又被五指圈牢在掌心。他阖眸仰首，占了前厅正中那张梨木太师椅，堂口集会时，他也是坐那儿。不怒自威一座铁塔，巍巍地立着，听下边人例行上供。周筝可不是来上供的，从她紧皱的眉头就看得出，游野情有独钟的宝贝椅子让她恨得咬牙切齿，那硬邦邦的椅面儿硌得周筝尾椎骨生疼。

刀被伯钊收了，送去给游家的老刀匠验明真伪，出结果得再有些时间，老刀匠赶早去城外钓鱼了，游家遣了人去寻，找到老头再送回去又要耗好些工夫。在那之前，周筝坐在游野右手边的椅上，与他干瞪眼。

游野不是个能言善辩的，恰巧周筝为数不多的话也早就喂了狂风。

两人循规蹈矩地一问一答，枯燥得像是例行公事。那么多刻肌刻骨的画面，还没来得及说出口，下一秒就干枯在了她的喉咙里，转瞬风化成尘。十四年前背井离乡，山镇的光景是如何惨烈：周老泉死时孤寡一人，周平川病重，周筝跑上跑下忙得挪不开身，甚至无人为其殓尸。镇口的井水枯了，方砖与黄泥垒起的墙倾塌成一地残损的骸骨。

她曾以为自己也将难逃一死，离开山镇不久，周筝生了一场大病，那病使她浑浑噩噩，她始终不敢合眼。脚下破了的皮渗出大片的血来，尖锐的痛让她在旷野中几度崩溃，号啕大哭。疼痛警醒恹恹的意志，以摧心折骨之势焚尽了周筝自暴自弃的消沉。而这一切，在十四年后的今日被游野问起，周筝的回答只剩一句："我独自走来。"

她并未与周皎皎打照面，但从端茶送水的下人们稍显讶异的神情中，敏感地察觉到了什么。游野话少，三言两语给她勾勒出了周皎皎鲜明的轮廓：她生在东北，按血缘亲疏来数，生父是周平川的远堂兄。早年参军后杳无音信，生母难产。幼时在游宅中寄养数十年，和游拓青梅竹马，但二人尚未成婚，戊申年随游拓一并进了京。仔细算来，应与周筝是堂姐妹。她和游拓有个女儿，没有大名，乳名唤作霖霖。虽与周筝同承一脉，却从未回过西北，除了姓周，和本家已经没有任何联系了。

周筝默不作声地听着毫无感情的陈述句，心底里又一阵唏嘘。

周皎皎在游宅像一个禁忌。

两家交好，她是游家的养女，游先生在世时将她视如己出。她与游拓相爱，成为游野的大嫂本已是板上钉钉的事，谁料世事无常，游拓暴死，突如其来的变故令所有人措手不及。

最尴尬的莫过于周皎皎，虽然有个女儿，但实际上，游拓没有娶她，她连遗孀都算不上。游野心狠手辣雷霆手段，一上位立即接管了他大哥生前在管的所有堂口会馆，初来乍到就站稳了脚，身边人多少都有点惧他，就连霖霖也不叫他"二叔"，她和堂口里的人一样，规规矩矩地把游野喊"二爷。"

宿命变幻莫测，仅凭凡人一己之力，便想撼动冥冥之中注定的天意，无异于蚍蜉撼树。周筝想着，又去瞄游野。

他的唇形极好看，仿佛生来便是为了吻，薄且弧圆。但配一双锋利无情的眼，那唇立即显得高不可攀起来，不知为何，她觉得遗憾，这样好看的嘴，长在游野的脸上真是暴殄天物。他板着脸，像块木疙瘩，好似没有七情六欲。这么长时间，周筝没有在他脸上捕捉到第二个表情，他将喜怒一律藏在冷硬的铁面下，周筝不喜欢和这样的人打交道。心思难猜，真是苦了伯钊。

想入非非时，伯钊带来了老刀匠的口信。

刀确是百年前游家锻刀铺不世出的好刀。

当年出炉，为它取名叫黄昏。同它一并出世的还有一把雌刀"破晓"，大约在四十年前，破晓碎在黑龙江，残片便插在那片日出灼灼的土地上，永远地留在了东北。

这把黄昏跟了游家几代人走南闯北饮血有灵，到游野爷爷那一辈，被当作信物赠了出去。

最后，周家人把它带到了西北。

尘埃落定，周筝并没有感到如释重负，恰恰相反，她看见游野眼底的光复杂了起来。他府上养了个周皎皎已使底下百十双眼睛蠢蠢欲动，明面上，他是说一不二的龙头，被众星捧月着阿谀奉承。关二爷是天，他游野就是地。然而他再清楚不过，没有比人心更可怕的东西了。这帮人摇着尾巴，活像一头谄媚的畜生向他乞怜。只等他稍有不慎，遮天的掌再也覆蔽不了云雨，到那时，他怕是连骨头渣都要被啃嚼个干净。

软肋有一个周皎皎就够让他头痛了。

周筝何等灵慧，游野的身份已经叫她猜了个八九不离十。他煞气重，一尊恶煞的镇在会客堂里。偏偏穿着考究，镶玉的腰佩，走金线的衣，暗银的纹爬在袍角，她不认得那花样，只觉跋扈得很。居高位的人风光，若是跌下了神坛，伏在暗处伺机而动的豺狼，可就要啖他的肉、剜他的心了。

"家里有血亲兄弟，是鲜有人知，再也回不来的吗？"她心生一计。

伯钊看了看游野，得到允许后答道："有倒是有一位——"

"好，从现在起，我就是他。"周筝果决地截断了伯钊的话，"告诉我名字，然后放出风声，他回来了。"

"周姑娘，你这是……"伯钊惶恐地又看向游野。

"宅子上不能多养外姓女眷，传出去怕二爷让人笑话。但我今日入府的事，若是被人盯梢留意，怕是想瞒也瞒不住，不如将计就计。"周筝拎起了伯钊放在她身侧方桌上的黄昏，"就当失而复得了一把刀吧。多一张底牌也没坏处不是？"

游野还在忖量这件事的可行性，她已然霸道地替他决定了："我锐不可当，远比你想象得更值得收藏。"

周筝这话吓得伯钊心惊肉跳。

她狂气得过了火，竟压住了游野的三分戾气。这么久以来，哪个敢这样同他讲话？唯独她周筝胆大妄为。伯钊生怕自家爷动怒，到时候不好收场，正慌张地想话圆场，游野却蓦地开口了："伯钊——"

他赶紧低头等着余音。

"吩咐下去，今晚挖两坛好酒。就说秦阗回来了。"

秦阗！

这个名字湮灭在不知几载春秋之前。

如今再度被提及，伯钊恍如隔世。他匆匆地退出正厅，经过周筝时，她看着他抱剑咧唇笑。

只瞧姑娘眉弯眼亮，嚣狂平地起八丈。

十四

天不知不觉暗了下来，月色惨淡，这顿家宴吃得凄清。

拢共几个人，连桌席都没坐满。好在菜上得齐全，周筝省了那礼节客套，只管敞开了大快朵颐。

那两坛是游野留了半辈子的陈年佳酿，是她喝过的土酒比不得的玉露琼浆。游野饮酒浅尝辄止，基本全进了她一人肚子。

窗外风刮得烈，门掩得紧实，屋内炉火烧得正旺。游野端着长杆烟枪坐在席首一言不发，好半天盘子还干干净净。周筝不喜欢看他这副模样，整日板着张脸，看了叫人还没动筷，食欲先掉了一半。索性左手执筷右手推盏，只顾埋头苦吃。

周皎皎来得极晚，满桌残局，她才姗姗来迟。推门而入，隔了大半间房，周筝愕然抬首。

周皎皎褪下戴在头上的大斗篷，周筝看见斗篷下露出了她绾得温婉漂亮的发髻，两鬓和前额的碎发点缀着那张和她相似的脸。好像和另一种命运的自己击碎了空间的桎梏，仓促地相见了。

她个子稍矮一些，明眸皓齿，谈吐举止尽是呼之欲出的温柔。

"霖霖病了，天一黑就闹，芳姨娘管不住，需得我寸步不离地守着。刚喂了药睡下，这才来迟了。"周皎皎解释着，由下人伺候着脱了外裳，坐上了桌，"二爷，什么事十万火急，伯钊说必须今日一见？"

正准备再说下去，周皎皎遽然刹住了话势，惊得睁圆了眼。

她也看见了周筝。

那是一张陌生又熟悉的、与她本承一脉的脸。

"这位是？"周皎皎到底见多识广，迅速稳住神，从容发问。

"十万火急。"游野说。

"从哪儿来？"周皎皎又问，这回却是向着周筝了。

"西北山镇。"她老实地答。

"……西北！"周皎皎缀着星子的细长的眼里满是不可思议，"家里的人可还好？"

"就剩我。"她说。

"什么时候的事？"周皎皎顿了顿，细不可闻地叹了口气。

"十四年前。"周筝言罢，也不吭气了。

她喜欢周皎皎，这种亲近感，久违得好像是上辈子的记忆残余。血液里一样的红作祟，她早就不愿示弱依赖任何人，眼下却也想抱住这个说话轻声细语的女人痛快地哭一场。

她问了她的姓名和年纪，疼惜地抚她的发顶。周皎皎的到来使周筝彻底敞开了话匣。

她说西北朔风吹，中原长河漫，她喝坏的胃，冻坏的骨，十四年崎岖不平的路给她留下了严重的后遗症，无论是身体还是精神。以血肉之躯来抵风霜雨雪，她穷得只剩自己和一把刀。偶尔天地寂得像是死去，她便在那一幕静止的画卷里踽踽独行。老槐上倏忽飞起一只鸦，嘶哑地鸣，像永远冻结在了她十八岁的哭声。

有很长一段时间，她的魂生了蛀。

"皎皎，孤独会让人发疯。"周筝说。更可怕的是你不得不面对那样的黑和静，从独自放声歌唱渐渐变成和自己对话，她分裂出另一个周筝，一个怯懦无能，迫切地渴望被拯救，在深渊里高举着颤抖的双手祈求着神迹降临，结束她所承受的非人苦难。另一个周筝冷酷地斥骂了这样的行为，她活得像个厌世者，憎恨着所有空穴来风的希望。她踉跄着把刀抽出来，指着天声嘶力竭地破口大骂。最后，那个怯懦的自己终于被她亲手扼杀在一个没有风的深秋，她听见有什么东西咕咚一声落地了，沉甸甸地砸下去，直到心底再也翻不起一丝涟漪。

孤独才是每个人最终的宿命。

领悟到这一点的周筝犹如重生。她接受了自己，接受了这样无法改变的现状，接受了无时无刻不在行走的使命，也接受了自己也许有一日会丧命半途的可能性。

她野蛮地想，看我，看我深黑如墨的眼，看我朽损的灵魂和黄铜铸的锈烂的铁石心肠。又何尝不是另一项旷世的孤品杰作？

一个人与两个人同行并无不同，她说她早就孤注一掷。

游野的出现不过是为她本就烈烈燃烧的生命降下了一阵细雨。她仍会一意孤行地焚，疼才叫活着，挣扎翻滚在泥泞里，直至化作一捧灰，葬在有着灰白的月亮的夜。

其他的故事，没有必要告知他们。

有两个在她生命里留下浓墨重彩痕迹的男人，一如匆匆闯入那样，匆匆地消失了。像雨落到溪里，溪汇成江河，他们在江河奔涌里无影无踪。

打周筝不告而别后。

汪云敬失魂落魄回了江南空无一人的老宅。

他爹说破嘴皮子也没说动他放下的江湖侠气，就这么轻而易举地被他抛下了。他不吃不喝地蒙头睡了两天，醒过来整个人都清癯了许多。他异常冷静地给家里发了报，太原收到的译文只有一句话：我要去谋些事做。

汪家为他打通了关系，又给了足够的盘缠。汪老爷子再三叮嘱：

华东现在不知是怎么个局势，倘若又打起仗来，千万别逞强，立刻回家。

汪云敬默不作声地把回电抬手点了烛。那神情冷酷得陌生，仿佛一夜脱胎换骨，他迫不及待地离开了家，没有给平素宠爱有加的弟弟留下只言片语。家里早就得了信，那个瘦高的女人走了，走得干净利落，连个念想都没有给汪云敬留下。小鬼头自知闯了天大的祸，自然不敢主动去触他霉头。

汪家的公馆拔地而起时，汪云敬从政沾商近十年。已经是数一数二叱咤风云的人物。他娶了妻，夫人娘家不是什么显贵，岳丈是再普通不过的工厂小老板。但汪夫人长得很有辨识度，高颧细眼薄唇，两眼极黑，含着秋潭一汪水。汪先生看着她总是深情得出神。

找到两个形像的人何其容易。

终归是他自欺欺人罢了。

十五

秦阆回了家的消息不胫而走，一阵看不见摸不着的风雨浇遍了这座城。胆大点地找了借口，专程去拜访游野，只为一睹秦阆是否真如传言所说那般九死一生回到了游宅。

周筝的黄昏被借去，端端正正地摆在堂厅的梨木刀架上。都知道秦阆曾是刀客，有把拦锋劈山海的好刀，具体是把怎么样的刀却无人知晓，靠黄昏刀镇着场，有几个识货的基本认定了：秦阆确是回来了。

周筝搬去别院和周皎皎母女同住，伯钊手下的两个小厮常来游走，送些日用的家什，难免听到些风声，她坐在门槛后择着绿菜，乐得东倒西歪。九死一生，是没什么问题。至于是不是秦阆本人，就要另当别论了。

她好奇地向周皎皎打听秦阆是个怎样的人，周皎皎像是在考虑怎么回答她，背对着她的身影半晌没动静，好一会儿，她说："神人。"

"怎么个神法？"周筝的问题咬得紧。

"二爷年轻时也不是他的对手。"周皎皎笑了笑，"够神吗？"

"神，神。"周筝赞叹连连，"看不出来，游野他还会耍刀呢？"

"岂止会耍。"周皎皎垂下了眼，尝了尝咕嘟冒泡的小锅里熬的鲫鱼汤咸淡，"游家的嫡系都会锻刀，他怎么会是例外。是祖辈传下来的老手艺，不过自打太爷封炉以后，连着那间屋都上了把大锁，废了。本事都记得，可惜搁下得太久，现在应该生疏了吧。"

"大哥也会吗？"周筝问得是游拓。

"会。"周皎皎爱笑，她的笑意与周筝迥异，是有着细碎伶仃感的笑，更多的是温柔，那样的伶仃像裂开的瓷片，混在她大片的温柔里，在这样的交织之中滚搅得有血有肉。

周筝停了停，捡了根短竹签，把择菜时渗进指缝里的泥挑出来，她头也不抬地问："秦阆去哪了呢。"

"和你向东一样，背着刀向西北去了。"周皎皎说。

周筝扬眉惊讶地看向周皎皎，立即领悟了她话中的另一重意思。

"走时比你离家的年纪长些，二十五了。"她用指尖簇捏着一只白瓷小碗，拿了长勺往里舀汤，"二爷那时候和他差不多大，还是个好勇斗狠的莽小子呢。一转眼——"

周皎皎舀汤的动作蓦地顿住，她微微仰起脸，冬日的阳光惨白，矜持得有些吝啬，白光铺在她的脸上，周筝平白无故地想，她们的脸那么相像，别人瞧她时的感觉，会不会和她现在瞧周皎皎的感觉如出一辙。

"一转眼，这天都让他撑起来了。"她说。

周皎皎断断续续地说着旧事，周筝听得津津有味。她说游野小时候就是一棍子打不出个闷屁的性格，阴鸷不常笑，难得和秦阆意气相投，除开游拓，他唯一承认的兄弟就是秦阆。再如人的蜕变像蛇蜕皮，只是过程并非蛇那样自然的生理变化。知己难求，秦阆死了，游野也就死了。她不知道游野在经历了秦阆和游拓相继离世的剧变后，是如何让自己死而复生的。

"生老病死，是谁也无法违抗的铁律。"周筝看着周皎皎的眼睛，思绪猛地被拉回十年前的荒原，她那时还有眼泪，还会肝肠寸断地伏地号哭。

"是啊。"周皎皎换了只碗，院子里传来霖霖跑动时凌乱的脚步声和兴奋的叫喊，她听着，淡淡道，"既然没有选择一蹶不振，爬起来了，就走得更稳更远吧。"

游野是天生的掌权者，在管理方面他做得远比游拓更出色，她能感觉到游野身为在位者的焦虑，他变得更难亲近，一层无形的屏障将他与所有人隔开，这也是游野临近四十仍未娶亲的缘由。他独自面对断崖寒冰，以一当十，捍卫着游家这面大旗屹立不倒。

周皎皎太久没有个说知心话的人，还想说点什么，但是又自觉说得太多了。周筝看出了她的犹疑，抛出了最后一个问题："秦阆是怎么走的？"

"暴雨的夏，眉心一枪。刀被人拾去了，二爷一直在找他的刀，到现在也没找到。"周皎皎说，"他去收尸的路上跌了好几跤，伯钊没有追上他。那可真是难得一见的狼狈，衣裳让泥和雨浸了个透，肩臂摔得青紫，破了膝，伤了眉角，他的断眉瞧着不自然也是这个原因。知晓这件事的人极少，对外只说秦阆云游，踪迹难觅便情有可原了。"

既然秦阆如此重要，他为什么会允许我顶替秦阆的名字。她想着，忽然又觉释然了。

一个故人远游了，另一个故人远游归来了。

她的刀和她执着的眼，都像极了那个使他魂牵梦萦却再也不会出现的人。空缺的位置虽然被补上了，但是他依旧理智地区分着两个人，现在的秦阆已经化作一个符号了，价值仅仅是能够为他所用，避去因周筝的到来，而产生的不必要的麻烦。

清醒的人最残忍，对自己也一样。

周皎皎将乳白色的鲫鱼汤盛进了一只圆滚滚的蓝白斗碗，扣一只大小正合适的盖碗。

"这份是二爷的。"她说，"厨娘做不出我的味儿，他喝不惯。过阵伯钊就来取，阿筝，你且在这等候片刻。"

"我去送吧。"周筝自告奋勇道，"伯钊指不住被什么事绊住了脚。天这么凉，放一阵就冷了，让他喝腥汤块吗？"

"也好……"周皎皎动摇了。

周筝端了块方盘托着碗，正要出门，周皎皎的叮嘱声又追出来了："他若是在忙时被扰，难免会说些刺耳话。你莫要放在心上。"

她笑逐颜开地应了个好。

——才怪。周筝捧着盘朝院外走，心里暗暗地想，游野那张木嘴里能说出什么刻薄话来？骂她？责她？讥讽她？风刮得周筝裸露在外的下巴生疼，她这才懊悔起来，出门匆忙，忘记系条东西遮一遮了。

于是游野看见的周筝脸被冻白了几个度，鼻尖和眼周都让寒风吹得通红。她冻僵的手指像极了节肢动物的骨骼，修长纤细，紧紧扣住了方盘边缘，用力的指节发白。碗盖在碗上扣得滴水不漏，她一路小跑进来，将盘和碗在游野眼前重重搁下，迫不及待地腾出手来呵气揉搓。

"这活儿不是伯钊的吗？"游野诧异道。

"你把我当伯钊也行。"周筝冷得回不过劲，嘴唇一抿再抿，好容易抿回点血色，"别怪伯钊，是我等不及。他不来取你的份，我们那边除了霖霖，谁都吃不了。"

游野单手覆上碗盖，握着帽把，掀开了盖，汤还热着，他抬首看了看周筝，后者脸上露出了得意的神色。那模样像一只古灵精怪的猫，她有着与年龄不符的朝气，老去的是她的皮囊，女人一旦跨过三十岁的大关，外表的魅力会逐日衰退，然而周筝的魅力来源从来不是容貌。

她在无法言明之处熠熠生辉，吸引着他人为她前赴后继。游野并不厌恶这样烂漫的少女感。

"留下一起吃吧。"他不紧不慢地说。

"不吃了，那边还在等呢。"周筝忙摆手拒绝道，"你接着忙。我热乎点儿了就走。"

游野不再勉强，推了推碗，低下眼又翻了一页纸。周筝左顾右盼观察起他的书斋，深色为主的基调，威势压得人喘不上气，整间房像一口灰蒙蒙的棺材，她实在想不出更漂亮的形容。若是让游野知道他专程找了风水先生看的布局，在周筝眼里就像口棺材，非得给他气吐血不可。

遥遥地，大宅门外嘈杂起来。

闹哄哄的说劝夹杂着气急败坏的叫骂，其间不乏高喊"二爷"的呼声，模糊地传进院里。

"我的人来了。"游野说。

"需要刀吗？"周筝也听见了。

"待会甭把你吓得嗷嗷哭。"游野平心静气地合上手里的册，"你回吧。"

"你不说第一句话我就回了，现在我要跟你一起去。"她说。

"不行。"游野剑眉一凛，不假思索地拒绝了她。

"我又不现身。"周筝撇了撇嘴，把手伸向游野，示意自己要他随身佩的匕首，"待会儿哪个不长眼，这刀就飞谁脑袋顶上。"

"你想干什么。"游野让她的口出狂言给气笑了。

"我想让那帮人知道，不管是来找碴撒野的，还是真有要事相求，都别太猖獗了。"她字句铿锵道，"秦阗还在这府上呢。"

十六

游野的衣裳一年四季都穿得严实，伯钊知道是为了遮疤。周筝看见了他耳后爬出来的一点青黑色文身印，于是多少也猜到了点这里面的蹊跷。

后来事实也证明了周筝猜得不错。

她在为游野系领扣的时候，瞥到了他文身下遮着的紫红色瘢痕，至于那究竟是什么东西烙下的印记，她没有问。

那日并没有给周筝扔小周飞刀的机会，显然，却给了她别的机会。

游野一现身，外边立即安静得宛如坟冢。方才还热热闹闹的一片嚣：哭的、喊的、叫的、嚷的，通通哑巴了似的，再折腾不出一丝火星。她挑了个门外看不见的死角坐着摆弄游野的刀，没什么多余装饰的匕首，银锋银柄银鞘，仿佛看一眼都会冻伤人的目光。

当晚游野给她介绍这支短匕名叫小银匠。周筝被这可爱的名字逗得乐不可支，她笑道："谁取的？"

"我。"游野说。

"你取名一直这个路数吗？"周筝问。

"没给人取过，给刀取名是这样。"他答。

"你还取过什么名字？"她兴致勃勃道。

"秦淮女。"他如实相告。

"听上去是把风月刀。"她说。

"是秦阆的。"游野看了她一眼。

周筝开始两头跑。

白天在周皎皎那儿帮忙，闲话聊些无关紧要的事。他们没有迁居到京城之前的日子，秦阆和游野，她与游拓，友情爱情处处圆满，逍遥得要命。霖霖也爱缠着周筝。她本该叫她姨娘，周筝不许，嫌姨娘把她喊老了，非要小女孩叫她筝姐姐。周皎皎道，岔辈了。提醒归提醒，霖霖在她积极的怂恿下照叫姐姐不误，到底还是由着一大一小两个没长大的胡来了。

霖霖长得像游家人，眉眼英气，喊人的声音脆生生，求知欲极重，追着周筝问东问西。周筝没什么耐心，有时被问得烦了，就和霖霖说自己的刀饮过人血。

"你可别吓她，晚上要做噩梦了。"周皎皎笑嗔。

"是真的，不信问你二爷。"周筝故意板起脸来，凶巴巴地对霖霖道。

霖霖届时配合地瞪大眼，再尖叫一声，撒腿跑出一截儿远，正好跌进刚进屋的芳姨娘怀里。周皎皎就势朝她点头，她便会意，牵着霖霖到隔壁去玩，留两人清净。

"几个？"周皎皎看她。

周筝摇头："没数过。"

"什么滋味？"周皎皎又问。

"忘了。"她说，"软的，热的……会疼，像杀了自己。"

周皎皎长叹了一口气："这世道。"

"少操心。"周筝笑起来，明艳落拓的笑意，晃了周皎皎的神，"天塌了有个儿高的人顶着。"

"二爷的个儿够高，你不心疼？"周皎皎早就洞察了一切，包括周筝和游野那点没有说破的朦胧心思。

"他就是为了顶天立地生的，这是他该的。死也要站着死，我不心疼。"周筝面不改色地说道，"不叫他顶我才难过。"

周皎皎没有想到她会讲出这样的话，呆了足有一分多钟，她哑着嗓子说："阿筝果然是奇女子。"

"皎皎，你难过吗？"她留意到了周皎皎骤哑的喉咙，如压抑滚烫的情绪时留下的烧伤，她痛得无法发声。

"难过。"她哽了哽，"我没有这样的觉悟。我宁愿游拓不要去顶这个天，塌了也好，我与他一同覆亡。"

周筝不吭气了，她埋下头，去为周皎皎手里的针穿线。针芯小小一粒，透着光，这线究竟是把孔堵住了，还是把光从那头顶过来了呢？

"阿筝，真好。你随了你的名字，风筝的筝，什么也拘不住你。"周皎皎说。

"我确实随了我的名字。但随得不是筝。"她把穿好线的针交还给周皎皎，而后紧紧盯着她的眼睛，"是风。"

薄暮时，她去见游野。

路过正厅探头往里瞧一眼，黄昏搁置在刀架上，如同蒙了一层古朴的纱。她由衷地想，这才是古董的宿命，作为陈列品供人瞩目，而非与她风雨兼程地奔波劳碌，时不时还得出鞘干活。

游野没忙完，她便兀自娱乐。

翻他柜里的藏书，或修剪他摆在架上的盆景。直到他闲下来，顾得上招呼她，那盆景早让她祸害得不成样子。

游野吸烟吸得凶，但烟草味和身上的香料味一混，竟好闻得离谱。周筝自己也喜烟，在路上生嚼烟叶更多，来了之后算是戒了。

缘由无他，只因游野不许她抽。

他说伤身，别让霖霖看了以后学坏。况且来了这里，有他掌事，没有那么多忧愁需要她放进烟枪，燃成灰烬倒出去。

她去勾游野的指。他不拒绝，断眉下的冷眼含进一束烁烁的星芒，乍然有了温度。她猛地意识到，原来不只是唇，游野的眸也如此令人赏心悦目。只是平日里黯淡，令人胆寒的厉色占据了第一印象。

"在想什么，眼都木了。"游野说。

"再有神的眼，撞上二爷也得甘拜下风。"周筝讪讪地回。

"这方面我从来没赢过，现在这样，是因为里边装着你。"游野神色自若道。

原以为自己话术已经足够高超，不料这老狐狸技高一筹，倒是把她噎得面红耳赤。"一开始怎么看不出你这么会讲话。"周筝恼道。

"我习惯给自己留底牌。"游野抬起她勾着自己食指的手贴了贴颊，"这是惊喜之一。"

"累了，留下过夜。"他说。通知的口吻，可周筝不厌恶。

要说年轻时玩得花，秦阆远不及游野。

白瞎了周筝为他那副善吻的唇忧心忡忡，合着游野也曾像所有风华正茂的二世祖那般，处处留情，合欢孟浪。

秦阆洁身自好，他偏要与他作对，为他的刀取名"秦淮女"示威。秦阆竟真的允了，从此逢人说起，便讲自己的刀叫秦淮女，对游野的纵容可见一斑。

之后发生的事，周筝都知道了。

她怕勾起游野的伤心事，贴心地没有再问，可游野似乎并不在意，他像一个冷静的旁观者，在过往的悲喜中进退自如。她觉得自己与他像又不像。

两个人肩负的是不一样的东西，可是在命运的逆流背风处，二者奇迹般地相撞了。

周筝与游野都是悟得情之精髓的人。因此他们的相拥不讲细节，不讲道理，不讲循序渐进，共鸣时情浓，情之所至，一瞬的干柴烈火，就能引爆飘着细雪的长夜。

若是再像小姑娘那样视承诺如情动的底线，每一段感情都奔着厮守余生而去，她会把自己活活累死。心动吧，动一秒是一秒，即使下一刻松手。

她不问游野是否爱她，是否如她钟情于他一样钟情于自己。周筝萌生出了更大胆的想法：为他铺路。

他是薄情人。薄情人，辨是非，知进退，明善恶。她由这样的理智淡漠而入魔，第一次孕育出了渴求为他殒身糜骨的愿望。

十七

周筝的身体丰腴了起来。

那把枯瘦得只剩皮蒙骨的躯壳，慢慢地有了活力。好像干瘪萎靡的稻被注入了温泉滋养，饱满圆润的穗粒焕发出了勃勃生机。

周皎皎说她变得很不一样。最外一层盔甲熔成了铁水，她不必再提心吊胆地活命，在摇摇欲坠的栈道上如履薄冰，为任何意料之外的变故而担惊受怕。只要没在情深意切时别离，爱便是幸运又温柔的天降的眷顾。

周筝嘴里唱着不成调的曲儿，五指拱起用指尖顶着陶制波浪沿儿的果盘，吊儿郎当地路过正厅雕花篆纹的红木门。两扇门气势威严地朝外大敞着，里面挤满了该在不该在的人。众星捧月的格局，游野在最高处，面色凝重，不知道商量着什么。

她目不斜视，对老爷们儿的天下毫无兴趣，像一阵会唱歌的风刮过似的，转了个身就不见了踪迹。剩一抹淡淡的裙袂残影留有余香，撇下几个端立在门槛旁的看门小厮瞠目结舌——游宅几时有人敢这般旁若无人的放肆？

隔日，满城传开了游家有个没规矩的端盘子的下人。难免有人嘀咕，游野向来以雕心雁爪著称，不知道是什么时候开始偷着吃斋念佛了？竟能这般纵着谁？

下人。周筝坐在游野的座上念了一遍，恨不能当即笑着打滚。端盘子的下人？姑奶奶是他们二爷的女人！

伯钊战战兢兢地看这位祖宗把游野搭在椅背上的狐狸毛大氅蹂躏得一团糟。

游野缠在腕上的檀木珠串，都让周筝扯断了两根，圆滚滚的珠子一把豆似的掉在地上，顷刻洒了满地。游野便在那样骨碌碌的滚动声与撞击声中，赠予周筝她所渴盼的全部，除了爱。

"我不会向你保证任何事。"他在第一天夜里就知会过她。她眼角挂着泪珠，浸红了眼眶。她云淡风轻地想，没关系，无非是他不会为这段感情起誓。

"我不需要你向我保证任何事。"她躺在他的枕边，"我有手有脚，想要春天便去抢。不计得失，不看利害，斤斤计较只会让本该纯粹的东西不声不响地变质。你毋需向我施舍一个有星星的夜，星星我会自己找，夜来我会为你去摘月亮。爱与不爱都是我一个人的事。我破釜沉舟，你尽兴就好。"

"别太投入。"游野仰面朝上，直视着漆黑的穹顶，语气间掩不住的疲顿，"你会恨我。"

"恨你什么？"周筝趴身凑近了他，"认清你的刻薄嘴脸，看穿你的无情双眼，摸到你手上陈年的刀茧。那又如何？你不干净，你洗不掉留在身上骇心动目的血迹，它们万世永存。你在青天白日，伪装出一套道貌岸然的礼义廉耻来扬名立万，夜深人静就原形毕露出贪婪冷峭的本貌。我早就知道你不是好人了，游野，你坏得无药可救。好在我从来没想过救你。"

"你倒是百无禁忌，什么都敢讲。"游野话里有话。

周筝不是伯钊，懒得揣测他的言外之意。他少笑，因此笑声愈加显得不可捉摸，笑着的游野要比沉默时更危险，他吐字如刀道："这么口无遮拦，会死的。"

她将下巴颏高高抬起，脆弱的颈暴露在游野的视线里一览无余，挑衅道："怎么死？用你的牙齿，像狼那样咬断我的喉管？"

"那样太痛快，便宜你了。"他说。

"你要我在你画地为牢的陷阱里困顿一生。真残忍。"她喃喃，"没有成本的狩猎，稳赚不赔的买卖，不去做生意真是屈了才。"

游野吻她，堵住了她的后话，霖霖晚上给了她一粒包着花彩糖纸的水蜜桃味硬糖，游野尝到了淡淡的余味。他说："这不是残忍，恰恰相反，不对你承诺才是我的仁慈。"

"你怕我是第二个周皎皎。"周筝笃定道。

"你不会是第二个周皎皎，你注定只会成为你自己。"游野温热厚实的大掌扶住了周筝的后脑勺将她往怀里按了按，她听见游野有力的心跳。

"就像我不会是第二个游拓。"

那跳动声愈来愈清晰，逐渐震耳欲聋得像一场惊蛰春雷，周筝昏沉睡去。虚拢的指尖捏着游野的衣襟，她什么都心知肚明，但是依然没有对游野开口。这夜太长，她在游野的怀里做完了百年大梦，梦里她过完了平平淡淡相夫教子，没有遇见任何人的寿终正寝的八十岁。那把黄昏到她死都挂在山镇周宅侧厢房的墙壁上，每个见到它的人都赞不绝口，于是她在梦里也自豪地想，真是把漂亮的刀啊。

晨曦惊起早醒的雀，有人在院里扫雪，扫帚摩擦地面的沙沙声，与她梦里离别的脚步逐渐重合，她醒来时游野已经出门有段时间了，身侧的被褥凉得差不多了。

周筝坐在床边套好了衣服，踢开游野的卧房门，避着人，一路溜达回了偏院。进去前拉了拉衣领，自我感觉良好，这才若无其事地迈腿钻了进去。

周皎皎在剪窗花。

红的纸对折两下，大金剪咔嚓几下，再沿着叠痕一丝不苟地展开，只见四条鱼环心而游。周筝没反应过来，愣愣道："霖霖今天想学这个呀？"

周皎皎听她迷糊又认真的语气，笑得两眼弯成一线，她解释道："傻姑娘，快除夕了。"

……除夕。周筝重复了一遍这个有着硫黄味的词节。除旧迎新，阖家团圆，祭祀祖先。这三件事，哪件都与她沾不着边，况且她一旦走起来，就是没日没夜，哪里记得掐着点过节。对于除夕的记忆定格在遥远的十五六岁，她望尘莫及，存心遗忘。

"这两天伯钊叫映见跑了好几趟。"周皎皎拿出了慈母姿态，"有什么想要的，想吃的，只管说便是。"

映见是专程为偏院跑腿的男孩，年纪不大，但人机灵。是几年前，从河北买回来的。周皎皎母女日常用需都是他跑上跑下地置办，这么久以来，从没出过差池，因此伯钊觉得他办事可靠，准备找时间将他带去见游野。

周筝闻言连忙摇头。

明明是给她送礼物，却好似是要她当众出丑一般难为情。她支支吾吾道："没什么想要的，就不麻烦映见了。"

芳姨娘领着霖霖上街去转悠了，四周忙前忙后的人看得周筝坐立难安。在周皎皎面前，她第一回产生了想逃的冲动。周皎皎是何等的细腻敏感，不必多说，她心下如明镜般澄澈。自言自语似的拉开了话匣子，分散了周筝的注意力。

这回说得不是游野，不是游拓，也不是秦阆了。而是她自己。

周皎皎极少在周筝面前说自己，昔日的故事里她存在的意义，往往是伴随着男人们的刀光剑影匆匆一闪的陪衬。她说自己没什么大志趣，与游家兄弟一起念书的岁月，先生是个饱读诗书的老头，遵礼但不古板。他很喜欢游拓，那日，游野趴在最后边埋头睡得天昏地暗，先生就着夏日明媚的午后阳光，问了他们俩一个问题。她不记得具体，只记得游拓的答案里满是灯火通明和家国情怀。

先生的老眼里忽然泛出点点泪光，用青筋虬结的手重重拍了拍游拓的肩。那年周皎皎不过十三四的年纪，游拓已经在他爹的扶持下学着掌事，他在她的眼里就像一道唾手可得却又遥不可及的光。周皎皎望着游拓高大挺拔的身影，红着脸许下了"成为他的妻"的愿望。

周筝用小剪子的尖刃，轻轻蹭着一块方方正正的磨刀石。

她说，游拓绝非池中鱼，他只希望干出一番大事来，他的眼界没有被宅门和高墙拦住。他对周皎皎说出"天下"这两个字时，一双和游野一模一样的眼里蓦地亮起两把熠火。而周皎皎毫不怀疑，游拓有这个本事，她希望成为辅佐他的人。如果不能，也不要成为他的累赘。于是周皎皎开始跟着游先生偷师，游先生和游拓性格很像，他们父子都是温柔的人。在发现了周皎皎的心思之后，游先生拊掌大笑，不说倾囊相授，至少也算毫无保留，她就这样在游先生身边效劳了数年。凭着这个难得的机会，直到后来游拓暴亡，游野焦头烂额地收拾烂摊子，周皎皎的帮衬起到了至关重要的作用。

她心力交瘁，一边霖霖还小，另一边游野缺人缺得厉害。她自顾不暇，坍塌的楼宇剩一地断瓦残垣，亟待重建。但主梁已死，她站在寒风刺骨里发呆，只觉无从下手。

那时她才犹如醍醐灌顶，非同一般的人生是游拓的，或者说，是别人的。

"人人都在对拓哥说他要如何。他是长子，理应负起家和阿野；他超凡脱俗，理应负起这天命昭昭。他没有想过，那谁来负起他？更没有想过……谁又来负起我。"周皎皎剪窗花的动作放慢了，"哪有那么多择势逆天的人呢。西楚霸王不也在四面楚歌中魂断乌江了吗？"

"倘若再重来一次，我不会让拓哥再去蹚雷犯险。不止钱，所有东西都是生不带来，死不带去。你说你做了有用的事，你以身作刃，你会名垂青史，你会在后人后世永远被仰望。可活着的时候呢？你活得清醒又痛苦，夜夜煎熬得无法入眠。恨不得没有来过这一世。"她说着，沿着折线将剪子推下去，"老先生说拓哥雄才大略。教他规矩，教他礼义，他教他如何救人……可怎么没有教过他自救呢。况且如今，这地下叱咤风云的人确实姓游，却不是游拓的游，有几个人还记得他呢？"

周筝顿然抬首，她说："不是这样的。"

周皎皎吃惊地看向她，泛红的眼眶里盛着一层浅浅的水。

"大哥所做的一切都有意义。大哥温柔可亲，高风亮节，和二爷如狼似虎的雷霆手腕，远不能一概而论。谁又敢说，现在那几块硬骨头肯买二爷的账，不是念在大哥的面子呢。"周筝把磨尖的小剪子放在周皎皎面前的小木桌上，她正了正色道，"柴在炉里烧一生，鱼在水里游一生，凡人要过凡人的一生。路是他选的，不论对错，只问是否有悔。你觉得，他会觉得悔吗？"

周皎皎的鼻尖涨红了，她垂头用手背抵了抵，两滴硕大的眼泪霎时溅在红纸上晕开，濡成了颜色更深浓的赤，狠狠锥痛了周筝的眼。

她盯着那两摊泪渍若有所失地想，她是不是也该走了呢？

十八

过节这事，自己过和看别人过是不一样的。

以旁观者的角度，不用为准备工作狼狈不堪，似乎更能意会到浓郁的节日气氛。周筝抱着只装满干果糖块的罐儿，倚着门框远远地瞧，因为大节将至，别院的人临时搬来了主宅。霖霖拉着映见的手闹着要他带她看烟火，映见被吵得一个头两个大，迫不得已给她解释，白天太亮了，看不见烟火。

府上来拜访的人少了，可游野还是一天到晚忙得见不到人。周筝嘴里的杏仁干儿咬得嘎嘣嘎嘣响，吐了一地的壳等人来扫，看映见被缠得分身乏术，她难得好心地招了招手，把霖霖唤到身边来，摸出两个糖块放进小姑娘手里。霖霖坐在她腿边的门槛上剥糖纸，嘴巴一安静，看起来乖了许多。

"筝姐姐，为什么白天看不见烟火呀？"她恼火地抱怨道。

"光会被更强的光遮住。"周筝说，"但夜对光是一视同仁的。"

霖霖听得一知半解，腮帮被糖块撑得鼓起来，她含糊不清地撒娇道："姐姐，不要陪二爷，晚上和我一起看烟火。"

"好。"周筝齿间磨碎的苦杏涩得她晃神，她费劲地咽下满口残渣，连同那后半句话：夜也会一视同仁地吞没所有的光。

她昂起头颅，看见了挂了一排的大红灯笼，没有点烛心的空灯笼看起来轻飘飘的，午后雪停了，为谁送行似的在风中抖动着鲜艳的流苏。视野里的灯笼蓦地被更高大的如山阴影笼罩，她回过神，与游野相对而视。

他背着手，拦在她面前的身影铁牢一般将她的目光锁了个干净。霖霖怕游野，顾不得和周筝说再见，爬起来一溜烟跑了。

他司空见惯，单手撑着门框低首吻了她的眉心，另一只手已经探进了她抱在怀里的罐子，起身时摸出两粒腰果。

"二爷这吻好贵，我拢共就两颗腰果，全让你摸去了。"她打趣道。

"物有所值，你不亏。"游野答。

"今天回得真早。"周筝撇开了话题。

"回来和你吃饭。"他沉着地说。

"我面子真大。"她咧开嘴，露出一排整齐的白牙。他的喉结滚了两下，终是什么也没说出口。

他在外面做什么，周筝从不过问。

游野在城中几处的房产里安置了多少个情人，这是个谜。除了伯钊想必没人能摸清。

周筝只见过其中一个。

她来找游野，游野那日恰巧不在，她教养良好地微笑，向周筝道谢，那模样俨然是把她当成是游野的妹妹了。据说是个家道中落的千金小姐，现在托了游野的关系，在报社里做些事。家里人逃难时把她落下了，至于是故意的还是无心之举，就不是周筝该操心的了。俗套的英雄救美、以身相许的戏码，她听得乏味，还不如汉中茶馆里的说书先生讲得精彩。

还有两个女人，她是凭高墙外流进来的一言半语知道的。

一位是洋大夫，给游野问过两次诊。什么时候都穿一身白，踩一双皮质的高跟鞋，隔着问仙楼雅间一扇脆薄的木门，她便可与游野没完没了地荒唐下去。另一位不清楚，名字叫瑜娘，来路不明，道上人，是个不好惹的狠角儿，有两片红玫瑰瓣似的唇。

游野一把捏住了周筝的鼻子，他手劲儿大得离谱，周筝鼻子都要让他揪下来了。

"要杀也别今天杀，除夕夜见红，晦气。"周筝痛得龇牙咧嘴地嚷。

"少胡思乱想。"游野松开手，警告道。

周筝有意诧怪道："你什么时候爬来当人肚子里的蛔虫了？"

"我说是你亲自告诉我的，你信吗？"游野叹了口气。

"我说梦话了？"她避重就轻。

"嗯，说。"游野顺着她的话头往下，"夜夜都说，有时白日也说。分离时亦不少说，用口，用眼，用身体告诉我。"

"那除了这个，我还说什么啦？"她问。

"骂我。"游野说。

她沉默了。

"很多东西，没必要揭得那么明白。我不会把自己的苦衷喂给你尝。"游野牵着她的手，沿着她片刻之前双目的聚焦所在，看向了高高挂起的灯笼，"道听途说。你不如专心致志地相信自己。"

周筝消化他说这句话时的语气，消化了很久。

直到拜神祭祖后，硬菜上桌，她还坐在周皎皎身边，魂不守舍地发着呆。那感觉就像剧震后满目疮痍的大地，被一只手心不在焉地抚平了废墟。深深的裂痕攀成一条与众不同的干涸河流，里面倾泻得是看不见的浊浪湍急。

她想，这算什么呢？劝诫还是忠告？我又要相信自己什么呢？相信自己无论外界风声如何，只要你需要，我就矢志不渝地爱你吗？就这一点，她的确没有怀疑过自己，她对游野早已超脱了寻常男女之间需要一来一往的情感交互，甘之如饴。

年夜饭热热闹闹一大桌子，有好些是周筝从未见过的生面孔。夹菜的、敬酒的、闲谈的，送祝词的，游野少见地敞开喝酒，彻底显露了他平日那般冷淡克制，绝不是因为不胜杯酌。

周筝的筷子咬在嘴里，盘上躺着周皎皎给她夹的鱼，鱼肉雪白一块，被周皎皎蘸了褐色的浓汤汁。她也喝了些酒，两腮红彤彤，和周筝一模一样的眼睛醉态可爱。

"阿筝，开心点儿。二爷不知道你爱吃什么，吩咐厨子把看家本领全使出来。我们往年可没有这么大阵仗，他最讨厌吵。"周皎皎揽着周筝的肩嫌不过瘾，干脆直接抱着她的脑袋，贴着耳朵小声说，"这是要把之前的高兴，都给你补回来呢。"

她看向坐在席首的游野，高朋满座间他还是注意到了她的视线。那眼只在她身上蜻蜓点水般掠过，转瞬即逝一抹流火，仍烫坏了她。

霖霖没有等到烟花，席半便闹起瞌睡，芳姨娘怕小姑娘打搅到众人的好兴致，早早领着她回了别院。是以，那晚周筝一个人看了烟火，她穿得单薄，站在游宅的院里，踩着咯吱作响的薄雪，看遥远的天边呼啸着升起一束荧光熠熠的亮。硫黄味刺鼻，浓郁不散，周边爆竹声此起彼伏，炸得她一阵耳鸣。周筝在这样震天响的动静里放声尖叫。叫声被鞭炮声盖住，她叫得喉咙生疼，只听见自己微弱的叫喊，霎时消弭。

周筝到底还是掉了眼泪，两股热流脱眶便化作雪水，她痴痴地伸出双手去框天上昙花一现的烟火，那斑斓绚烂的光毫不留情地从她指间纷纷坠落。见状她又笑，道不明自己在笑什么，她笑着哭。

"由着她去吧。"游野拦住了要去送衣的周皎皎。

周皎皎收起大衣，默不作声地上了席，等周筝推开门，裹挟着满身风雪再坐回她身边。她像是饿了一辈子那样胡吃海喝，筷子舞过之处好似风卷残云。她通红的眼眶，像是撑得，又像是刚哭过。

周筝已打定主意要继续走。

什么时候走？走去哪儿？她自己心里也没谱，却没有被渺茫的前路动摇分毫。

初春时踏着解冻的河岸走，盛夏时就着烈日当空走，晚秋时踩着沙沙的枯叶走，隆冬时披着北风深一脚浅一脚地走。在此之前，她在妄想什么？宛如痴人说梦的疯子，喋喋了那么多，她憬悟：这里不会是她轮回的终点。

她还身陷囹圄，撕破重重的魔怪假面，她看清了里面的脸。

那正是她自己。她的过去，她遇见的人，还有她本身和她早就断了的根。

当夜，游野抚过她曲线漂亮的肩颈，呼出浓重的酒气要吻。她伸出食指抵住了游野的嘴唇，郑重其事道："在那之前，我有话要说。"

游野默许了。

她撤开手指，在一片昏暗中，平和地开口：

"我对二爷，朝思暮想，一往而深。"

尾声

采澄遇到周筝时，她三十四。

她太瘦，面部棱角因稍高的颧骨，而显得清晰分明使人过目难忘。

唇瓣消去了少女的红润，只剩下清冷的薄。离别的愁绪和将她段段割裂开来的过往，铸就了一个风情别致的女人。采澄望着她，想到月光下的寒潭，苍柏边的静泉，冷得不动声色，深邃又温柔。

天光从浓厚的云层里泄出丝丝缕缕的亮，周筝双手合十仰起头去望，那张力十足的色彩蒙在周筝的脸上，她像是戴了一块薄薄的金面具般漂亮。

采澄本在观天光，侧目一瞧，便再移不开眼。

他无端想到了幼时，参拜竺语寺的偏殿画卷上供奉着的飞仙那惊鸿一瞥。飞仙细眼宽额，满目仁慈。周筝与之样貌不同，气质不同，姿势迥异。偏偏神采是同样的肃穆庄重不失明丽，如出一辙的惊心动魄。

罪过罪过。他不知为何念罪，可他总觉得自己已经沾了几分见色起意的心毒。采澄独自守着这间破庙已不知几个年头，此处香火稀薄，采澄在此坚守苦修，太久不与人言语，开口仿佛只会诵经。

"我走得够远了，刚出门时也会想家。不过只要想到那三间摇摇欲坠的破房现在八成已经垮成了一地烂瓦，我就不会想回去了。开始的时候，我就断了所有的退路，我把钥匙扔到镇子口的井里去啦。"周筝自言自语道。

"我见过很多人，杀过人，爱过人。有人死了，死在我怀里；有人还活着，在这世上的另一角光明磊落。只有一个人，自始至终都没有碰过我一根手指头，他为我掖好被角，然后抱紧了我。他想娶我。"周筝说，"他送了我一颗珠子，很大，会发光。到了晚上，我的包里像装了月亮。后来推盏子的时候，叫我不小心摔碎了。"

采澄立掌听着，没有接话。

"瞧我，除了走路走路走路，其余什么事也做不好。"她惆怅地舒出口气，小姑娘似的坐在了门边石砌的台阶上。周筝舍不得剃度，舍不得荒村野店里烧舌的烈酒。可她实在喜欢这间破庙，泥塑的佛悲悯地望着众生，还有一个大和尚，虔敬地守着他的神。

采澄大和尚有两只狭长灵慧的眼。他合掌微微躬身，感谢周筝往那个破损的功德箱里，投的几枚寒酸铜钱。

她的两鬓散发凌乱，周筝抬起下巴，露出了流畅好看的颌线。

"你听过聊斋吗？"她问。

"未曾。"采澄语气恬淡。

"我还当你的名字是照着宁采臣取的呢。"周筝大失所望，耷拉下眼，继而又很快振作，采澄注意到，她扶上了自己的刀。

"你是谁？"他意味深长道。

"我？"周筝反问，"我是天的宿敌。"

周老泉和周平川三十四年前的交谈已经融入了她的骨血里，组成一串变幻莫测的密钥，最后成为冥冥之中的天意。

周天成，周蓝蓝，周筝。

"我注定落败，"她言简意赅道，"可我依然不想认输。"

"你是天地的一声叹息。"采澄说。

周筝抬起眼睫，口吻漫不经心，但双眼却亮得要命："那你呢？你是什么？你是佛参悟无上菩提遗落在菩提树下的檀珠成精。"

"我是惊涛拍在骄阳叹息里的溅落，刹那蒸干，你看不见我。"采澄说。

周筝的脸上浮现出一丝释然的笑意来："为我失落吗？"

"为你骄傲。"采澄合上眼。

她把刀丢在地上，铁器落地"当啷"一声响，看也不看，昂首抬步走了。

她身后，采澄低头望了望那把刀。他知道这把刀对她意味着什么，她惜它如命，转眼又视它为垃圾。那把长刀躺在地上，一动不动，周筝的身形远了。

"你去哪儿？"他清嗓高声问。

"一路向东，与故人重逢。"周筝的答案斩钉截铁。可她哪还有什么故人！

"故人是——？"采澄的叫喊被风拖得零落，他自己都感到一阵无力。

"故人姓梁。"周筝的回音满是恣意的笑。

顷刻，采澄有些站立不稳。他知道周筝已经听不见他在说什么了，于是他嗫嚅着，灼烫的字眼在喉咙里打了个滚："早日重逢。"

他再度合掌，向她的背影深深地鞠了一躬。

周筝的眉浓黑，不描也有韵味。

配着那双凛冽的刮着风的眼，她本身就像西北的一场霜，过处皆寒。她握了那把长刀，柄子上缠了十几匹白绫，揭开就能窥见底下覆着铁光的脉络。

前十二年向东跋涉的时候，春秋轮转，她是不合格的旅人，无暇顾赏风光。

只是初雪一落，她才恍惚晓得——匆匆又是一年冬。

图书在版编目(CIP)数据

伪命题／魏辽著.—武汉:长江出版社,2021.3
ISBN 978-7-5492-7589-2

Ⅰ.①伪… Ⅱ.①魏… Ⅲ.①故事-作品集-中国
—当代 Ⅳ.①I247.81

中国版本图书馆CIP数据核字(2021)第047573号

伪命题／ 魏辽 著

出　　版	长江出版社		
	(武汉市解放大道1863号 邮政编码: 430010)		
选题策划	漫娱图书 姚轲馨		
市场发行	长江出版社发行部		
网　　址	http://www.cjpress.com.cn		
责任编辑	江　南		
特约编辑	许斐然		
总 策 划	重塑工作室	**开　本**	880mm×1230mm 1／32
装帧设计	吴穆奕 邓　婕	**印　张**	6.75
印　　刷	武汉精一佳印刷有限公司	**字　数**	185千字
版　　次	2021年3月第1版	**书　号**	ISBN 978-7-5492-7589-2
印　　次	2022年3月第2次印刷	**定　价**	46.80元